猜中一棵树

胡弦 著

Guess

A Tree

Xian

Hu

南京出版传媒集团
南京出版社

图书在版编目（CIP）数据

猜中一棵树 / 胡弦著. -- 南京：南京出版社，
2024. 10. -- ISBN 978-7-5533-4985-5

Ⅰ. I227

中国国家版本馆CIP数据核字第2024GA3033号

书　　名　猜中一棵树
作　　者　胡　弦
出版发行　南京出版传媒集团
　　　　　南　京　出　版　社
社　　址　南京市玄武区太平门街53号
邮　　编　210016
联系电话　025-83283873、83283864（营销）　　025-83112257（编务）

策划统筹　吴楚楚　陆　萱
责任编辑　苏　牧
封面设计　周伟伟
版式设计　石　慧
责任印制　杨福彬

排　　版　南京新华丰制版有限公司
印　　刷　南京爱德印刷有限公司
开　　本　889 毫米×1194 毫米　1/32
印　　张　7.75
字　　数　137千
版　　次　2024年 10 月第 1 版
印　　次　2025年 2 月第 2 次印刷
书　　号　ISBN 978-7-5533-4985-5
定　　价　56.00 元

鸟鸣像某个工作的入门

— 1 —

我们处在一个城市急剧扩张的年代。城市，人类文明的集合体。但无论它如何发达，它都很难获得我们的诗篇的赞颂，其原因在于城市生活在人与大自然之间设下的阻断。这种阻断，不断把大自然推向梦境。

城市可以阐释，大自然却不可以。在接受理解和探究上，城市，也许永远都是不幸的一方。离开了人为，城市会沦为废墟，而大自然却不需要人为，会自己生生不息。城市与大自然，带有人的精神的两极性：渴望被理解和在被猜测中保持神秘。城市会热衷于自我阐释，而大自然恰恰相反，它永远是无言的。当我们倾听鸟鸣，倾听石头的沉默、树林和江河的声音，会有那种"心悦君兮"的感情发生，但这仍可归类为对不可解的神秘的倾听。

大自然的无穷性，在于它的不变，它是恒定的，没有前途的，我们认为的前途，一般要依赖变化出现，但大自然的雷电雨雪火山海啸，基本是属于不变的内容，或者说，只有它在艺术中的投影出现了新的形态，才能让我们惊讶。是的，大自然是恒定的，只有它的影子在变化，体现为现实的卓越，而它本身是孤悬的，始终处在我们的猜测中，随时会成为被我们忘记在身后的声音。当它由诗篇拾起，在诗中重新生长，才会转化为我们的心理构图和我们想入非非的声音。大自然是诗歌的机遇，我们不用深究大自然，如果怀疑，只要怀疑一首诗就够了。此中，诗来自我们对大自然的天真阅读——我们也许成功地避开了那些吃力不讨好的智力搜索，并在天赐般的念头里获得了顿悟。这种"无为"般的觉醒曾被归类为"大道"，但我们总是热衷于对大道的阐释，并在阐释中入迷，为智识所困，重回小道。大自然是无穷的，这种无穷含有不近情理的成分，会把人导向虚无——正是来自山林的木头创造了我们手里的斧斤，我们以此思考，辨析，寻找和整理，而那些木头，则被做成了房子、器具，或被作为烧柴燃起烈火。大自然只有进入我们的日常生活，才会从内部分离，呈现出相互对峙的属性——它不再是一体的，它有了不同的形态，那些梁柱、床柜、屏风、桌椅等木作或粗糙或精美，才会与烈火在对峙中怀抱各自疯狂的理想。

山林之想，是中国人古老的情节，有时，这种情节也会进入表演范畴，带上狡黠的特征。在社会属性被强化的地方，它会显得遥远而虚幻，只能存在于我们纯粹的精神世界。甚至，当实用主义进一步梳理我们的精神空间，其无用性会难以理解，从而被无情地排除出去。有个熟悉房地产市场的人曾告诫我，不要到城外的山里买房子，因为不会增值，购房者相当于花钱买了一个梦。这是来自城市的感官和效能期待，无疑忽略了某种本源性的情感需求，或者说，在实用哲学的世界里，情感是有害的，需要被压抑的。但就像最自然的举头望明月那样，大自然仍是我们日常生活的反光和影像，淡淡凉意中蕴含着某种持久的温暖。现实生活太明晰了，而大自然的参与，含有我们对含混的期待，所以，任何关于大自然的符号都藏着我们被压抑的渴求，那些自带诗意的象和境，总能成功地引起我们的联想，并在与城市的隐约对抗中提供另外的精神，使我们矛盾的心得到片段性的庇护。一首山水诗，即便写作旨意和手法都是简单的，并无多少内置的秘密可言，但在出尘之想和悠然之味的加持中，仍能成功地唤起我们的情感。一首诗可能就艺术观而言没有什么生命力，但因为接通了大自然，却会得到永不衰竭的情感的加持。

— 2 —

星辉倾泻而下，像一场风暴。但你眨眨眼，一切都是静止的。月亮自水中浮出，像一个石球。所以我有时觉得，我对连续性、流动性的追索，其实是个假象。我需要的，是一个画面，因为那值得被定格的，可以悬置在动态的无穷无尽的扯动中。湖边的小路上，前几天有两个大人物来散步，剧情很大，变幻不定，但句子一直很小。不是风暴，是句子——一句小小的台词，在追逐赶往大世界的飞鸟。

在湖边散步，微风、小径、柳丝、平静的湖面和鸟鸣，它们在眼前，又仿佛来自另外的时间与空间，带着取之不竭的信息，让我学习与庞大、怪异、激烈的东西在一起。

源于散步时的胡思乱想，湖上滚动的波浪像磨损的齿轮，让我看见了在上面隆隆驰去的光阴，并感到空气、垂向水面的柳条，甚至阵阵微风都忽然变得事关重大。大自然，也不再仅仅是一个眼前的视觉画面，一个地理存在。我体会到，当另外的时间和人物出现，自然的属性只是第二性的。是的，在浮光掠影的欣赏者之外，大自然也需要被深度注视，以便它来告诉你它一直忠于的另外的核心。那里，有出人意料的构造，藏着它情感的地理学。所以，湖边的宁静，以及文字间神秘的浮力，都让人吃惊。

大自然，会在各个不同的时代（时间）中呈现各异而又稳定的形态（况且，我们看到的往往只是它在我们眼前的一瞬），使你很难进行感情投放。这样，你需要的，实际上是个构想出来的大自然。就像一棵树的自我更新那样，你需要它从幼小到苍郁再来一遍，只是，你更希望它长着长着变成了非自然的样子。稳定是个传统状态，是成长的结束，是没有超越限制，而没有超越限制的成长，它呈现的"各异"并不在我们的写作愿望中。我们更希望这成长是一种崭新的能力，哪怕那能力的尽头蛰伏着一个怪物。

写作者必然是这样的人：面对大自然，如果长久地保持静观心态，你早晚会感受到耻辱。大自然珍藏着源泉，但需要你意识到，并有所发掘——类似夺取到某种秘密的快乐。你意识到，它并不是被遗弃在那里，在我们的熟视无睹中，在感觉的边缘，竟然有种异样的存在一直清晰地等候在那里。它像一种你从未聆听过的声音，当你注视到它，它才开始响起……是的，写作一开始，像轻松而自我陶醉的游戏；而后，你有所觉察，一切都处于悬置状态，在那种悬置中，你开始意识到急迫无比的东西；而后，你为各种念头殚精竭虑，现实的写作，变得像一种非现实的苦役，甚至你会觉得，那种完美的一挥而就是值得怀疑的，是轻佻的。

寄情于山水时，心底总有个声音泛起：你为什么不直接说话？在对自然的接纳中，语言仿佛在抗拒，像器官移植中血液的排斥那样，总有缺少一种能把它们完美地合而为一的存在和感觉。你已掌握了许多语言工具，它们怂恿你动手，为你带来使用它们去干点什么的冲动，也许，这是工具的本能吧。当它们活跃的时候，你也会有写作充满活力的假象，甚至，有种能把一件小事说得很重大的本领。但这还不够，甚至是不重要的，像在一个怪圈中，语言总是时不时地成为写作障碍，给"顺利说出"带来磕绊。在工具或曰诗句那专制的统治下，你有时会忽然意识到一个盲区：你已不了解，在词语背后，鸟鸣、幽径、花朵，它们到底变成了什么样子。

山水如昨，只有在凝视时，它才是当下的，痛苦的经验在被消化中，才会在悄声细语和探幽发微中，植入一种内在的紧张感，从而使其呈现出岌岌可危的属性。它有古老的通行证，并终会送一个人到他想去的地方，并让他目睹我们情感中那令人瞩目的内在景观。山穷水尽，柳暗花明，自然，通过对尘世经验的参与，已把自己安置在无数时间中——也就是一种接近静止的时间中，它平静的表面属性和深存内部的激越，构成了强大张力。写作者要在这张力中生存，感受某种古老的起伏，并制止它们向廉价的感悟转化，以此摸索自己内心的未知领域，从而找到那种熟悉又陌生的情怀。

— 3 —

我住房的后窗对着一片山林，林中百鸟鸣啭。我在每天早晨听到的鸟鸣，像某个工作的入门。而在其他的时间，如果没有东西可写，我也爱听鸟鸣，那时，会觉得自己像一枚鸟蛋，离某个声音还远。

有些事物像鸟鸣那样不知不觉地存在，如果仔细听，你会觉察到，它不仅仅是回荡在山林间，更是回荡在无始无终的时间中。对于一座山林，鸟鸣千百年来从未改变，也不会从这种鸣啭中衍生出新的意蕴。正是这样的发现，在改变着我人生的意义，并使得我的生活总是从某一时刻重新开始。

生活的秘密总是无穷无尽，并会自然而然地被转换成情感秘密，旋律一样穿过诗行，使得眼前的风俗或自然画面成为富有魔力的心灵回声，并赐予我们一种拯救般的抒情语调。由此，一个人写诗，可能既非在深刻思考，也非对语言的警觉与感知，而是一种古老的爱恋。爱，使他在质朴的声音中，寻找那种历久弥新的知觉，从而给所爱之物以别样的观照。我们曾是饶舌的人，但一切都变得更强烈了，说了很多以后，终于发现了自己沉默的属性。众多的修辞，竟不如鸟儿那呱的一声来得有力。

而在林中散步，感触最深的，除了鸟鸣，还有各种各样的树木的形态。

观察树木也是一件有意思的事。树木的位置感最强，它们被固定在那里，这个隐喻，足以使一片树林超出植物界的范畴。一片短寿的苔藓和一棵千年老树，对树林的认识，无疑会大相径庭。在林中你总能发现，那些高龄的树木，像屹立在某种象征中。而另一些树，会比身边的树更加幸运或不幸。在那里，我重新想到了诗人和他的作品应该怎样存在。认识一个场域，需要假设；而认识一个时间段里的人世，无疑要有更长的时间作为背景，否则，我们得到的现实，可能恰恰是非现实的。

我还听不懂鸟鸣之间的情感差异，甚至听不懂穿过树林的风声。树林看上去平淡无奇，但诗人知道其中必有隐情。是的，即便你写下了整个树林，可能仍没有一棵树愿意真正出现在你的诗行中。诗，只能在树木的注视下去寻求那异样的东西。风声，和刚刚过去的一阵风声并无区别，甚至，和很久以前甚至古代的风声并无区别。不是风声通古今，是风声用这一刻重新定义了时间。一片树林也是，那些正在生长的树木，正是我们渴望留存的东西，使得一座山林，如同失而复得的山林，它展现在眼前，又仿佛身处时间之外的某个地方，在那里被保存着，生长着，等候返回，等候以自己恒久不变的面孔，重新对生活进行更新鲜地介入。也许，这正是诗歌存在的理由。

— 4 —

一个朋友住在江边，他常在晚上沿江散步，大声朗诵张若虚的《春江花月夜》。我不知道朗诵《春江花月夜》是否需要大声，在一个喧嚣的时代，也许大声是一种惯性，或一种带有反抗性的朗诵态度。但我很感动，因为面对山川草木的朗诵，本身就是一件孤绝之事。

江边，总是建有亭台楼阁。南京有个阅江楼，楼还没有开始建造的时候，关于这座楼的诗词文章就产生了许多。所以，这座楼最早是建在纸上的。甚至楼早已建好，作者仍会在纸上重建，像岳阳楼，范仲淹从未到过现场，却写出了《岳阳楼记》。在虚构和现实之间，纸上的这一座往往更为不朽。

在江边，波浪拍打堤坝，要站在近处，才有清晰的涛声。而登楼远眺，涛声却消失了，但前人登楼的情景会在头脑中浮现，那些远眺的人，那些把栏杆拍遍的人。有时我觉得，登楼不是地理性的望远，而更像一种向时间深处的张望。这种感觉的清晰化，来自一次不久前听琴的经历。那是个朗月的夜晚，一个琴师携琴来江边幕府山上的高台弹奏，五六人相随。这样的雅事，现在看来有点矫情，但当琴声响起，它的仪式感凸显，我忽然意识到，这看似表面化的仪式其实就是一种坚实的内容，一个姿势删除了无效的时间，把古今悄然相连。琴声和山风飘忽，水的声音，不是来自俯瞰中的长江，更像隐含在琴声深处。几种声音混合，似在创造一种与音乐完全不同的新的声音，当别人沉浸在琴声中，我却被这种复合的声音俘获。十根手指，真的能厘清流水吗？涛声离开江水，曲子离开琴弦，仅仅是离开，并没有消逝，而是要去另外的心灵中栖息。我想起我也是从一个很远的地方来到这江畔古都，恍如一支曲子离开乐器独自远行，并有了自己的遭际。许多年一晃而过，所谓经历，不像地域，更像在穿越时间的神秘。琴、月光、楼台、草木山川，都是时间的相。而在这其中，江水，像一切的源头。正因如此，虚构与现实才能有同一个躯壳，而精神才会像一段琴声。静听，我听到了琴声中那些从我们内心取走的东西。月色模糊，不远处的大江像没有边界。无数上游和支流，是否都还在它的内心翻腾？它的内心，是混乱还是清晰？唯一能确定的，是这旧了的躯体仍容易激动，仍有数不清的漩涡寄存其中。那些漩涡轻盈如初，用以取悦尘世的旋转仍那么漂亮。当它们消散，像怀抱打开，里面什么都没有。但那看似空无中，抱负、秘密、辛苦、爱，都在，只是不容易被辨识。而抱紧这些，一直以来都艰难万分。

辑一

夏花

蔷薇谣 /002

水仙 /003

花事 /004

雀舌 /005

荔枝 /006

水果赋 /007

夏花 /009

果园 /010

甘蔗田 /011

寻茶记 /012

树（一）/013

树（二）/014

树林 /015

林中 /016

蓝鹊 /017

砧板上的鱼 /018

蚂蚁 /019

乌鸦 /021

羊角 /022

遇虎记 /023

白鹭 /024

蝴蝶 /026

蝴蝶标本 /027

捉蝴蝶的人 /028

琥珀里的昆虫 /030

萤火虫 /031

蛇 /032

异类 /034

鱼变 /036

五毒 /038

箭毒蛙 /040

鱼化石 /041

悬垂 /042

蟋蟀 /043

辑二

地平线

星座 /048

地平线 /049

雪人 /050

明月（一）/051

明月（二）/052

月亮（一）/054

月亮（二）/055

观月记 /056

望星空 /057

水西门外 /058

雨 /059

夕阳 /060

霜降 /062

卵石 /063

火烧云 /064

江水 /065

秋风 /066

溪瀑 /068

黄昏 /069

秋水 /070

春风斩 /071

卵石记 /072

尺八 /074

火山石 /075

钟乳石 /076

风 /077

夕光 /079

沙漠 /081

海滩 /082

清晨 /083

峡谷记 /084

辑三 站在黄河故道上

去看一条河 /086

某园，闻古乐 /087

河边的脚印 /088

站在黄河故道上 /090

半岛记 /091

狩猎 /092

凤凰 /093

普陀山 /095

妙高台 /097

九宫山 /098

天文台之夜 /101

登越山记 /103

布袋洞 /104

桠溪 /105

善卷洞 /106

长白山天池 /108

幕府山 /109

雨花台 /110

敬亭山 /111

雁荡山 /112

仙居观竹 /114

东湖散步记 /115

崇明岛 /118

通玄寺看山 /120

翠云廊 /121

采石捉月 /126

西樵山 /129

清凉山 /132

平武读山记 /134

丹江引 /135

自鼋头渚望太湖 /136

龙门石窟 /137

过洮水 /138

嘉峪关外 /139

玛曲 /140

甘南 /141

尼洋河 /142

雅鲁藏布江 /143

黄河石林 /144

燕子矶 /146

傍晚的海滨 /147

敦煌 /148

天鹅湖 /149

四明山 /151

伊瓜苏瀑布 /152

双河客栈 /153

花山 /155

陈家铺 /158

拉市海湿地鸟类标本馆 /160

在石鼓镇看金沙江 /161

雨中，桃花谷 /162

在无想山 /164

浮山湾看船 /165

昭觉 /166

在威海 /168

塔尔寺的旃檀树 /169

普者黑的游戏 /170

洗马潭 /172

青海谣 /174

雷公滩瀑布 /176

那色峰海 /178

鬼脸城 /180

公弄村 /181

辑
四

葱茏

葱茏 /184

沉香 /196

寻墨记 /204

蝴蝶 /211

垂钓研究 /226

夏花

蔷薇谣

很多事都有道理，仔细想想
又没道理。
就像在春天，不变成一个坏人没道理。

"事物完美得让人绝望。"
蔷薇在开，开过了墙头。
它为什么要开过墙头？去年，
我们不止一次地问。
——没有答案。
去年，我们还是执着的人。

其实，我们不懂得蔷薇，
不懂得许多事不需要答案，不懂得
春天为万物准备下的
是同一个理由。

水仙

花瓣滑落，
像不安、羞怯的细长手指。

像远去的背影……
此地，有世界被激烈消耗后剩下的
废墟般安宁。

——重新跌回
初夏那无底深渊般的深处。
预言之外，轻薄的人儿在飞升，
从一朵周游世界的花

变成一颗水滴。
他回来了，落在平静的水面上，
涟漪，像被驱散又聚拢的回忆，
像当初，
我们心中浪费掉的起伏。

花事

江水像一个苦行者。
而梅树上，一根湿润的枝条，
钟情于你臂弯勾画的阴影。

灰色山峦是更早的时辰。
花朵醒来。石兽的脖子仿佛
变长了，
伸进春天，索要水。

雀舌

春山由细小的奇迹构成。
鸟鸣，像歌儿一样懂得什么是欢乐。

那时我去看你，
要穿过正在开花的乡村，知道了，
什么是人间最轻的音乐。

花粉一样的爱，沉睡又觉醒。
青峦在华美的天宇下，像岁月的宠儿，
它的溪流在岩树间颤动。

吻，是挥霍掉的黄昏。
桌上，玻璃水杯那么轻盈，就像你从前
依偎在我怀中时，
那种不言不语的静。

荔枝

荔枝鲜美，易变质，

运送它，需快马加鞭。

——大唐深处，策马的人正往这里赶。

有人用手指轻敲桌面，仿佛

那就是达达的马蹄声。

这里到处都是火山岩，无数洞孔，

仍在岩浆里喘息。

有人在打手鼓，鼓声里像藏着一场叛乱，

而灰烬般的土地乃事后之物。

有人在喝山兰酒，

酿酒，像件朝代不明的事，

饮过酒的人脸上像起了火。

一通鼓罢，再吃荔枝，所有人都变成了冷却后的人。

哦，快马加鞭的人还在往这里赶。

剥开荔枝，冰雪般的果肉里，

有人遇见过失踪的红唇——安慰过君王

和沉睡的帝国，也像一簇火苗，

唤醒过一座庞大火山。

灼热的喷发，曾把江山瞬间化为灰烬。

水果赋

形而上的思考被终止，最后，
水果只能用来证明
感官的可靠，犹如当我们相遇时，
对世事的洞见，
瞬间消失在对果肉的爱里。
炎热的国，椰子从高大的树上
落入海水，在一个硬壳
内部，荡漾的甜，
呼应着大海的无边无际。
芬芳如革命，芒果用笑容
重新建立与世界的联系。
而性感是紧张的，对往昔的回忆
是从柠檬里挤水，是水蜜桃的眩晕，
细腻、光滑的小腹和细小绒毛。
——对于钝痛，果干曾更管用，但
备受煎熬的时辰已过去了，水分
正在桌上的果篮里涨潮。
像仍在一个共同的黄昏中，
樱桃、龙眼、荔枝，重新沉浸于
对世界的钟情
和各自不同的想象中，

菠萝带着刺，和一点点悔恨，
橄榄则肉甜，祛毒，防咽炎。
具体的事化身为
可触的表面，从那里，
一枚刀子，给丢失已久的核心
送去旋转和战栗。
甜蜜如此危险，被破坏的程序里，
不明之物在滚动，
当石榴的裂开像叫喊，
微型的天堂里传来几声
低低，几不可闻的抽泣，
——久治不愈的忧郁症瞬间解体。

夏花

南风送来的爱人，
影子看上去有点甜。
我骑着自行车，带她去见我的母亲。
一路上，她每讲一句话，体重
就减轻一点。
她去小解，从一大蓬绿植
后面回来，她是快乐的。
地米开罢，金佛莲
正在开，一粒粒花骨朵，像控制着
声音的纽扣，带着微微羞怯，
和夏的神秘。

果园

一只苹果突然坠下枝头……
"谁的心跳，正消失在另外的震动中？"
昨夜暴雨，众人昏睡，
闪电携带着片片阴影，从大地上
一滑而过。

——夏日果园，光斑闪烁。
脸贴着青果仔细听，
洁净果肉里，小溪冲刷。
幸福的光阴已取消了边界。

树枝伸展，绿浪掩卷，
千秋微响从高空落下。彼时，
祖父忽然转过脸告诉我：苹果之死，
万事休，犹如人从梦中遁去。

甘蔗田

这一生，你可能偶尔经过甘蔗田，
偶尔经过穷人的清晨。
日子是苦的，甘蔗是甜的。

不管人间有过怎样的变故，甘蔗都是甜的。
它把糖运往每一个日子，运往
我们搅拌咖啡的日子。
曾经，甘蔗林沙沙响，一个穷人
也有他的神：他把苦含在嘴里，一开口，
词语总是甜的。

轧糖厂也在不远的地方。
机器多么有力，它轧出糖，吐掉残渣。
——冲动早已过去了，这钢铁和它拥有的力量
知道一些，糖和蔗农都不知道的事。

这一生，你偶尔会经过甘蔗田。
淡淡薄雾里，幼苗们刚刚长出地面，
傍着去年的遍地刀痕。

寻茶记

一棵老茶树，
一尊绿佛，
一座古寺怀抱断舌之痛。

起风了，影子颠沛流离，
大红袍变成了旧衣服。

风停后，一杯水陷入更深的寂静。
有人提前完成了一生，有人，
正面对一生要做的事。

我听见两个人在山顶说话，
一个说：且拿去……
另一个说：提头来见。

树（一）

一棵树如果看见了什么，
它的身体也不会有任何变化，
它总是站在事件之外。

一棵树对任何事物
都不会感到奇怪。
当它意识到要成为见证，
就长出了新的枝杈。

一棵树你已经看见它，
你却未必真的看见了它。
它不陪我们生，
也不陪我们死；
在它的内心，
有另外的事物在飞奔。

树（二）

树下来过恋人，坐过
陷入回忆的老者。
没人的时候，树冠孤悬，
树干，像遗忘在某个事件中的柱子。
有次做梦，我梦见它的根，
像一群苦修者——他们
在黑暗中待得太久了，
对我梦中的光亮感兴趣。
——不可能每棵树都是圣贤，我知道
有些树会死于狂笑，另一些
会死于内心的自责声。所以，
有的树选择秘密地活着，把自己
同另外的事物锁在一起；
有的，则在自己的落叶中行走，学会了
如何处理多余的激情。

树林

在一棵树和另一棵树之间，
有大片可以促膝的沉寂。
倚着树干说话的人，曾嗓音清晰。
当他起身——起风了，
无数话语，已同风声混在一起。

莫名的声音在林表喧响，
看林人的背影是粗糙的树皮。
他从暮色中归来，心中
藏着一把长柄斧的沉默。
刚刚，他出席过一个族人的葬礼。

大风把树林又拍打了一夜，
什么事物一转身，就落叶遍地？
鸟儿在不安的黎明中起身，掠过
催眠的光线、倒下的树，
以及随之被取消的一切。

林中

回忆漫长。椴树的意义用得
差不多时，
才适合制成音乐。

午后，水杉像一群朝圣者，
花岗岩的花白有大道理。

"风突然停了。白头翁的翅膀
滑入意义稀薄的空间……"
太阳来到隐士的家，而隐士
不在家。

乌桕拍打手上的光斑，
蓝鹊在叫，有人利用这叫声
在叫；甲虫
一身黑衣，可以随时出席葬礼。

蓝鹊

一只蓝鹊在小街上空鸣叫，
我听了听，
它只是路过，
并不打算控制或改变什么。

砧板上的鱼

……要用全部的痛苦才能做成一条

砧板上的鱼：嘴

张了又张，听不见的呼喊在那里形成一个

喑哑黑洞，许多词急速旋转着

在其中消失。

蚂蚁

蚂蚁并不惊慌，只是匆忙。
当它匆匆前行，没人知道它想要什么，尤其是
当它拖动一块比它的身体
大出许多倍的食物时，你会觉察到
贪婪里，某种辛酸而顽固的东西。
有时成群结队的蚂蚁会形成
一条黑色小溪，纤细脚爪
拖动光阴细碎的阴影；而无数
沿着触须消逝的瞬间，是变形的苦楚，如同
它建在墙根的巢穴，同样隐秘，
不被注意，让我拿不准
是什么，正通过那里向黑暗中流去。
雨水涢坏过天花板，巢穴一直安然无恙。
风雨之夜，我读报、倾听，没有蚂蚁的消息。我知道，
我们都爱着自己的沉默，就像爱惜自己的家
那简陋的入口。有次买家具，我把床
拆成几段，好让它从房门安然通过。另一次
是拆迁，础石被撬掉了，我忽然想到蚁穴，但，
所有的蚂蚁都已无影无踪。

偶尔，有刺疼从皮肤上传来，我的手
拍过去，一只小蚂蚁已化作灰尘……
——我几乎不再懂得悲伤，但我知道什么是
蚂蚁的忧虑；所以，
看见细小的枯枝，我会想到庙宇中宏大的梁柱。
另外一些情景稍有不同，比如
一只落单的蚂蚁爬上我的餐桌，仿佛在急行中猛然
意识到了什么，停住，于是有了一瞬间的静止。
在那耐人寻味的时刻，世界上
最细小的光线从我们中间穿过：它把
圆鼓鼓的小肚子，
柔软地，搁在我们共同的生活上。

乌鸦

拢紧身体。
一个铸铁的小棺材。

它裂开：它的两只翅膀
伸了出来。
——当它飞，
死者驾驭自己的灵魂。

它鸣叫时，
另一个藏得更深的死者，
想要从深处挣脱出来。

——冷静，客观，
收藏我们认为死亡后
不复存在之物。

依靠其中的秘密，
创造出结局之外的黑暗，
并维持其恒定。

羊角

吃掉一只羊，
得到它的骨头，
但不包括它的两只角。

吃掉一只羊，
吃掉食谱、社会学、烹调术……
并把这些写进书里，
但不包括它的两只角。

两只角。徒然地
听着羊的悲啼，在它头上
晃来晃去的两只角。

遇虎记

翻到第 197 页，松林里，
多了一只老虎。

前几章，那可爱的松林流水淙淙，
松针落了一地，像毯子。
一些石头做怪兽状，但并不曾真的有过危险……

现在，所有树都屏住了呼吸。
凌霄飞快地攀上树巅，避开了危险，从高处
放心地欣赏人间变故。

隐隐虎啸从远方传来。要召集那些亡灵，
已必须先经过老虎的嗅觉。

恶从哪里来？
后面，新的章节像阴影在移动。
老虎已经闯进你心里，特别是你突然发现：
一座可爱的树林，
竟然愿意承担所有的恐惧。

白鹭

白鹭是个神秘主义者，
它的白，像个从不曾改变的答案
在等待属于它的问题。
当它飞，它颀长的翅膀触碰着
我们怀疑和痛苦的边际。

白鹭越飞越远，我们
像被遗忘在幻境中。
除了望远镜，没什么召唤能把它拉近。
每次见到白鹭，都像处在
由眺望构成的记忆中。

有几只正在浅水里散步，啄食，
涟漪，像在扩散中被惊动的密语。
它们再次起飞，盘旋像一种
给水域带来眩晕的自由。
一群白鹭，是风吐出的、
不涉及任何故事的词。

当我离开，我知道，有种时间
像湿地里的阴影。

抽搐的水面也被留在了那里，
白鹭，已化身为我心底的一个声音：重新
被找到的梦在它里面下雪。

蝴蝶

颤抖的光线簇拥，蝴蝶
从一个深深的地方
浮向明亮的表面：
——一件古老、受罪的遗物，

穿过草丛、藤蔓、痉挛、
非理性……把折痕
一次次抛给空气，使其从茫然中
恢复思考的能力。

翅膀上，繁密的花纹在对抗
制造它的线条，有时
叠起身体，不动，像置身于一阵风
刚刚离去的时间中。

当它重新打开，里面是空的，
没有任何我们想要的东西。

——那是一次次重新
飞来的蝴蝶，仿佛
于回声外的虚无中，已获得了
另外的一生。

蝴蝶标本

——敏感的触须；
——玻璃下的飞行。

如此悠长的
瞬间：仿佛刚刚开始的软甲、鳞……

翅膀上的花纹，从未修改的预感。
内脏，更深的阴影。

——飞吧，
在比海水和落日还要孤独的南国。

你背部的宁静，
正把现在变成未来。

捉蝴蝶的人

人老迈时，像某种遗物。
——对于这个脚步蹒跚，退休
多年的小学老师，
蝴蝶的飞翔已如同幻境。
春天、流水、蹁跹的少年心，它们
都曾长出轻盈的翅膀。
据说当年，蝴蝶落在他掌心，
从不挣扎，那令人惊讶的魔法
是一个捕蝶手
从另外的岁月中取得的秘密。
现在，他长居斗室，所有的蝴蝶
都在纸上——它们展开翅膀，躯干
被一根根细针定住。
（疼痛已接管了所有往事）
那是年轻的时辰，蝴蝶喜欢急转身，
喜欢在飞行中突然
落向草尖，飘忽，敏捷，似乎
不存在惯性——
这样的演习改变过
时间的方向。现在，
标本簿里的蝴蝶栩栩如生，斑斓图案

像无法整理的爱，如此慢，
只有宁静在沿着它缓缓地飞。
他说，他认识此地所有的蝴蝶，知道
它们从不开口说话的原因。
他还说，一个人的念头如果多到
应接不暇，蝴蝶的翅膀
就会像惊涛那样无法控制。只有当你
静下来，翅、触须、复眼，才会
将折叠的空间重新打开……
他说话时，语调
像正从他疲倦的身影中溜走。
而除了标本我从不知道，蝴蝶
怎样度过不能飞的日子，又怎样
悄无声息从人间消失。

琥珀里的昆虫

它懂得了观察，以其之后的岁月。
当初的慌乱、恐惧，一种慢慢凝固的东西吸走了它们，
甚至吸走了它的死，使它看上去栩栩如生。
"你几乎是活的，"它对自己说，"除了
不能动，不能一点点老去，一切都和从前一样。"
它奇怪自己仍有新的想法，并谨慎地
把这些想法放在心底以免被吸走，因为
它身体周围那绝对的平静不能
存放任何想法。
光把它的影子投到外面的世界如同投放某种欲望。
它的复眼知道无数欲望比如
总有一把梯子被放到它不能动的脚爪下。
那梯子明亮，几乎不可见，缓缓移动并把这
漫长的静止理解为一个瞬间。

萤火虫

天地间，现在是无声律令的统治。
而这废弃的园子边，
草丛上的惊涛无人识。

……愤怒、破碎的光，
像一蓬拒绝被拥抱的荆棘。
不远处，那单独的一只，
一定知道更强烈的东西：它跌跌撞撞，要把
整个庞大黑夜，
拖入它的一小点光亮里。

蛇

爱冥想。
身体在时间中越拉越长。

也爱在我们的注意力之外
悄悄滑动，所以，
它没有脚，
不会在任何地方留下足迹。

当它盘成一团，像处在
一个静止的涟漪的中心。
那一圈一圈扩散的圆又像是
某种处理寂寞的方式。

蜕皮。把痛苦转变为
可供领悟的道理：一条挂在
树枝上晃来晃去的外套。又一次它从
旧我那里返回，抬起头

眺望远方……也就是眺望
我们膝盖以下的部分。

长长的信子，像火苗，但已摆脱了
感情的束缚。

偶尔，追随我们的音乐跳舞，
大多数时候不会
与我们交流。待在
洞穴、水边，像安静的修士，

却又暴躁易怒。被冒犯的刹那
它认为：牙齿，
比所有语言都好用得多。

异类

有人练习鸟鸣。
当他掌握了那技巧，就会
变成一只鸟，收拢翅膀并隐藏在
我们中间。

他将只能同鸟儿交谈，
当他想朝我们说话，
就会发出奇怪的鸣叫。

同样，那学会了人的语言的鸟，
也只能小心地
蛰伏在林中。

后山，群鸟鸣啭，
有叫声悠长的鸟、叫个不停的鸟，
还有一只鸟，只有短促的喳的一声，
黝黑身影，像我们的叙述中
用于停顿的标点。

群鸟鸣啭，天下太平。
最怕的是整座山林突然陷入寂静，

仿佛所有鸟儿在一瞬间
察觉到了危险。

我倾听那寂静。同时，
我要听到你说话才心安。

鱼变

小鱼在网里、盆里，

大鱼，才能跳出现实，进入传说中。

那是河水的基因出了错的地方，

在它幽暗、深邃的DNA里，

某种阴鸷的力量失去了控制。

昨天的新闻：某人钓到一条鲩，长逾一米。

而在古老的传说中，一条河怪

正兴风作浪，吃掉了孩童

和用来献祭的活猪。

所以，当我向你讲述，我要和

说书先生的讲述区别开来：是的，

那些夸张、无法触及真相的语言，

远不如一枚鱼钩的锋利。而假如你

沉浸于现实无法自拔，

我会告诉你另一个传说：一条

可爱的红鲤，为了报恩，嫁给了渔夫，

为他洗衣做饭，生儿育女。

——当初，它被钓上来，

流泪，触动了我们的软心肠；

被放生时，欢快地游走了。而当它
重新出现在我们的
生活中，喉咙里的痛点消失了，
身上的鳞片却愈加迷人。

五毒

足有千条，路只一条。
骇人巨钳，来自黑暗中漫长的煎熬。

惟黑暗能使瞳孔放大。黑暗为长舌
之墙上，无声的滑动与吸附所得。

万千深喉，你认得那一声？
它也有欢歌，有满身鼓起的毒疙瘩，隐身于

夏日绿荷。而山渊、淙淙清流，
接纳过盛怒者的纵身一跃。将它们

放在一起，肉身苦短，瓦釜深坑浩渺，
胜利者将怀揣无名之恶。

惟青衣白影，腰身顺了这山势旖旎，
千年修炼，朝夕之欢，此为神话。

注：据民间所传，蜈蚣、蝎子、壁虎、蟾蜍、蛇，是为五毒。

青灯僧舍，温软人间，已为世俗别传，
推倒盘中宝塔，亦为蛊术。而当它们

再次相会于山下的中药铺，陈年怨毒
尽数干透，都做了药引子。

箭毒蛙

一个男子正把它放到火上烤。
火很小，他的手很稳，
把从它皮肤上渗出的一小点毒液仔细地
涂在刀刃上。
而它睁大眼，蹬腿，嘴
偶尔使劲张一下。
雨林摇晃，仇恨呼啸，这只只有
纽扣大的小东西，死得慢，激烈的
痉挛之后，
终于安静了下来。

鱼化石

情况不能再糟糕了，生活被一段
突然插入的叙述卡住——它知道自己
已打断不了什么，就慢慢
停止了摆动。
当它再次被发现时，既非石头，
亦非鱼，像一个无法
用来深究的、
意义不明的物体。

悬垂

穹顶上垂下一根细丝，底端
吊着一颗肥硕蜘蛛。
细丝几乎看不见，就像虚空本不可知。
而一颗蜘蛛出现在那里，正从中
采集不为人知之物，并以之
制造出一个便便巨腹。
光影迷离，蜘蛛的长腿团着空气。而一根丝
纤细、透明，绷直于
自身那隐形的力量中，以之维系
一个小世界里正在形成的中心。

蟋蟀

蟋蟀一代代死去。
鸣声如遗产。

——那是黑暗的赠予。
当它们暂停鸣叫，黑暗所持有的
仿佛更多了。

——但或者
蟋蟀是不死的，你听到的一声
仍是最初的一声。
——古老预言，帮我们解除过
无数黄昏浓重的焦虑。

当蟋蟀鸣叫，黑夜如情感。或者，
那是一台旧灵车：
当蟋蟀们咬紧牙关格斗，断折的
头颅、大腿，是从灵车上掉落的零件。

——午夜失眠时，有人采集过
那激烈的沉默。

"又一个朝代过去了，能够信任的
仍是长久的静场之后
那第一声鸣叫。"而当

有人从远方返回，并不曾带来
胜利者的消息。
但他发现，他、出租车的背部，
都有一个硬壳——在肉体的
规划中，欲望
从没打算满足命运的需求。

据说，蟋蟀的宅院
是废墟和草丛里唯一的景观。
但当你走近，蟋蟀
会噤声：简单声音仍是难解的密码。
当你长久站立，鸣声会再起，带着小小、
谶语的国向远方飘移。所以，

清醒的灵魂是对肉体的报复：那是
沸腾的蟋蟀、挣脱了
祖传的教训如混乱
心跳的蟋蟀，甚至
在白日也不顾一切地鸣叫，像发现了
真理的踪迹而不愿放弃的人。

而当冬天到来，大地沉寂，
我们如何管理我们的痛苦？
当薄薄的、蟋蟀的外壳，像一个
被无尽的歌唱掏空的命题，
我们如何处理我们卑贱的孤独？所以，

正是蟋蟀那易朽的弱点
在改变我们，以保证
这世界不被另外的答案掠走。所以，
你得把自己献给危险。你得知道，

一切都未结束，包括那歌声，
那内脏般的乐器：它的焦灼、恐惧，
和其中一去不回的消息。

辑二

地平线

星座

我想长久地爱你……
六月的枫杨下，空气浊重、潮湿，宽大衣衫内
你躯体温热——
而时间，时间是秘而不宣的光，如同
滑落在黑夜里的晶亮雨丝。
——后来，雨停了，停在一阵薄雾中。偶尔抬头，
望见天蝎星座，比往常
明亮了许多，却依旧
神秘而遥远。

地平线

是的，它是看上去很近的那种远，
使前进和倒退都变得无效。
——奔向天边者从不曾得到迎迓。
而你若站定，它也站定……
——你到达不了那真正相遇的地方。
在那里，天空正自然地
垂下来，触碰大地，因为世间除了它，
其他界线都是无效的；因为时间
真的有一个虚拟的外延。
——是的，它不允许世界一分为二，沉睡的沙漠，
失踪的峰峦，一直有人从那里返回，
我们额上锲刻的曲线，和遥远、无限都取得过联系。
而锋刃、杯口、街巷、廊柱的圆弧，则带着
地球腹内持续的颤动，
绷紧的琴弦，会演奏世界另一侧的潮汐。
——是的，那沉默的线，也是转化成声音的线，
有呼吸，可见，记得我们的愿望
和遗忘，并能够被听取。

雪人

本以为世上多了个人，其实，
是我们中有个人
变成了假人。

雪很大，天又黑了，
繁花的身体收尽寒冷。
我们也冷，但需要你萌呆的模样，和开心的笑。

雪更大，词语也散了，
情诗写到一半只得停下来。
我已停下来。如果爱你要忍一忍，
如果难过也要忍一忍。

当人群散去，失眠的人
变成了真假难辨的人。
大雪落在雪人上。我们不要的，
大雪要重新把它抱走。

明月（一）

明月登上天顶，那么高，
不可能有谁拥有过它。

如此明亮，看上去和从前一模一样，
不可能有谁失去过什么。

明月（二）

通常我们认为，残月离去，
是为了把我们
生活中坏掉的东西拿走。

当它归来，穿过的仿佛不是里程，
而是来自
遥远岁月的那头。

一轮明月去过哪里？
没人知道。
有些夜晚，它泊在水中，
像靠着一个迷幻的港口。
有些时候，它泊在我们的听觉中，
自己带着岸。

我们知道它又一次变瘦的身影，
却难以说清，一代又一代，
它怎样和我们在一起？

城墙拆掉，游人散尽，
它把不为人知的部分轻轻

浮出水面。涟漪推动，一个
轻盈的怀抱若隐若现。

它再次出发，从一个图案
到一团光，进入天空
那敞开、难以被感受的情感中。

月亮（一）

天空太高了，
月亮要接近我们，
必须滑过树杈，下到
低处的水中。

当我把水舀进陶瓮，我知道
一个深腹那遗忘般的记忆。
当我在溪边啜饮，
我知道自己饮下过什么。

群星记得的，谦逊的夜晚都记得。
它随波晃动，涣散，为了
更好地理解水而解散过自我。
而在暴雨过后的水洼里，
它静静地亮着：它和雨
曾怎样存在于一个狂暴的时代，
并从那里脱身？

它下过深渊、老井，又停泊在
窗口，或屋檐上方。
在歌唱被取消的时代，只有它，
一直记得那些废弃的空间。

月亮（二）

如果它挂在树权上，
那不是真的。那是它正从那里离去。

如果它行经天宇，那不是真的。那是
有一封寄给你的信正投递在途中。如果它

出现在水桶中，整个天空也会
试图进入那水桶，因为

这是微小的事物接受世界的方式：一个
终生缠住你不放的问题，
像一门学问循环不已。

当它被写进故事，开端像巫术；
当它被画在墙上，结局像个住所。
它是这样的光：凉凉的，一种被黑暗仔细
考量过的光。当它再次出发并遇见

如此多的梦，它认出它们正是
从它心中出走的梦——它小心地
不再踏入其中任何一个。

观月记

月亮升起来。
——它升起来。现在，
它是独自的：没有情感要提示，
没有真理要验证，既非事件也不是
驶向某个新世界的怪物。
它清晰，直观，
没有自身的变化要应付。

"哦，又大又圆的月亮。"当我们
仰头，注视，有种
重新发现的喜悦。但随即
低下头来继续赶路——我们
不会跟踪自己对月亮的反应。所以，

当我们前行，月亮正是那
最好的月亮，在天空中，圆圆的，
发着它的光。

望星空

在那些星星后面，还有多少
看不见的星星，
一点点微弱的光，
就能掩住它们瘦小的面庞。

在明亮的后面，是更
浩瀚的黑暗，
黑暗无边啊，而它们那么小，像一粒粒
细菌，
抿着干燥的嘴唇。

它们多想抱一抱天琴座，或者
狮子座，
它们冷，它们没有自己的马
和歌声。

浩大的风拍打着天宇，它们
在黑暗中赶路，如果
有一粒突然绊了一脚，
人世间，会不会有谁的心
猛地一疼。

水西门外

今夜，风一直吹，
吹落黑衣人心中的刀子。
巫人念咒，蟋蟀弹琴，
官路两旁，草籽将落。

而花开南浦，虎行东山，
风一直吹，吹向墓园。
对忘恩负义者，记忆无用。
儿童晚归，须唤其魂魄三声。

今夜，黑暗辽阔，牛羊低头，
先人归来，无声无息。
芭蕉叶大，野店小，
风一直吹，吹着情人的旧衣服。

今夜无语，吃酒三杯。
勿打搅乌鸦。
水西门外的守夜人，内心
埋下绸缎七匹。

雨

1

雨落在巨人的肩膀上。落向
要在雨中完成的事。

雨落向广场。没有人。
雨落向一片被遗弃的空旷。

2

雨不是泪水。
一个可怕的比喻是：乌云在产卵。

雨来了，它穿过虚空，穿过
所有无法撒谎的时辰。

夕阳

1

它已快落到地平线上，
不刺眼，不响亮，几乎是幸福的，像个
孤独的王在天边伫立，
体内，金色骨架泛着温和的光。
嶙峋尊严，低吼，性爱过后晚霞般
散失的温度……
无声，鬃毛披拂，渐渐黯淡，
开始领受奇异的宁静。

2

曾经它是一幅画，
挂在客厅的墙上，
连同画面底部的田畴和小镇。
那时，它面色柔和，管理大地，晚上
则照看一个几平方米的客厅。
有时灯灭了，它待在黑暗里，
发光，像件需要被忘记的事，只有

当另外的光加入进来的时候，
地平线在画里醒来，晃动着，墙壁
也跟着晃动起来，
像从消逝的年代中回来了。

霜降

洞穴内，
狼把捕来的兔子摆放整齐。
天冷了，它是残忍的，
也是感恩的。

枯莲蓬如铁铸，
鱼脊上的花纹变淡了。
我们已知道了该怎样生活。

瓦片上有霜，枫叶上有霜，
清晨，缘于颜料那古老的冲动，
大地像一座美术馆的墙。

缘于赞美，空气里的水
每天来窗玻璃上开一次花；
缘于赞美里永恒的律令，
飞行的大雁又排成了一行。

卵石

——依靠感觉生存。
它感觉流水，
感觉其急缓及从属的年代，
感觉那些被命名为命运的船
怎样从头顶——驶过。

依靠感觉它滞留在
一条河不为人知的深处，
某种飞逝的力量
致力于创造又痴迷取消，并以此
取代了它对岁月的感受。

——几乎已是一生。它把
因反复折磨而失去的边际
抛给河水，任其漂流并在远方成为
一条河另外的脚步声。

火烧云

——天空也许已烧坏了。
无声、内卷的火焰在收拾
一个绚烂废墟。
此刻，昏聩的钟在墙壁上敲了五下，
水开了，水壶在尖叫。
我没有动。我在听。
——那尖叫里有一件
在低温中遗忘了很久的礼物。

江水

浑浊的江水，浑浊，奔涌
它的躯体里从未埋藏过梦想，
从未有一滴水为我们
开口说话。

只有我们自身的血液
在苦苦滚动。
只有无意义的到来和流逝，
只有我们内心的大海接纳了，
带着沙子，艰难水族，落日余光和夜之黑沉的
滔滔源头。

秋风

风吹着落叶，
窸窸窣窣的声音四处飘荡。

风一阵一阵地吹，
叶子在飘落：杨树、柳树、刺槐树……
这是枯黄的老河套，
父亲正赶着羊群经过，
风吹着芦苇，
把又厚又密的羊毛吹得竖了起来。

浩荡的白光在世间穿行，带着咒语
和纷纷的阴影。
风要把它们吹向哪里？
落叶纷纷，
而从河底，无数影子在起身相迎，
——更多的影子林中晃动。

弯曲的河道，一直延伸到安徽深处，
窸窸窣窣的声音正在四处飘荡，
风在吹，父亲的影子也摇晃不定。

那是一直被丢弃在地上的影子，

没有用的影子，

现在，却像最后的命运，

不声不响跟了上来。

溪瀑

——每次抬头，山
都会变得更高一些，仿佛
新的秩序正在诞生。
对于前程它不作预测，因为远方的
某个低处已控制了所有高处。
经过一个深潭，它变慢，甚至
暂时停下来，打转，感受着
沉默的群体相遇时彼此的平静，以及
其中的隐身术，和岩石
经由打磨才会显现的表情。
当它重新开始，更清澈，变得像一段
失而复得的空白。
拐过一个弯时，对古老的音乐史
有所悟，并试图作出修正。
——但已来不及了，像与我们的身体
蓦然断开的命运，它翻滚着
被一串高音挟持，在跌落中认出了
深渊，这丢失已久的喉结。

黄昏

此时的光对于熟悉的世界

不再有把握，万物

重新触摸自己的边际，影子

越拉越长，越过田亩、沟渠，甚至到了

地平线那边，它几乎无法施加影响的远方。

多么奇怪，当各种影子扶着墙

慢慢站起来，像是在替自己被忽略的生活表态。

——在我们内部，黑暗

是否也锻造过另一个自我，并藏得

那么深，连我们自己都不曾察觉？现在，

阵阵微风般的光把它们

吹了出来……

——黄昏如此宁静，又像令人惶恐的放逐。

阴影们交谈，以陌生的语言。

没有风，时间在无声地计数空缺。

铅沉入河流，山峦如纸器默默燃烧。

秋水

"狂热时，我们想要的
都曾隐约可见……"
可悬浮和变化已日子般消散。寺庙里，
脚手架渐次被拆掉。
"仿佛一切都结束了，某种古老的意义
已被还给环绕佛像的空白……"
建筑工走在回家路上，体内的水位
不断下降。飞鸟、峡谷，
被虚拟的空间和流逝消耗。
而江水翻腾，必死的波浪在赶路。那些
不再爱歌唱者须忍住哭泣。

春风斩

河谷伸展。小学校的旗子
噼啪作响。
有座小寺，听说已走失在昨夜山中。

牛羊散落，树桩孤独，
石头里，住着一直无法返乡的人。
转经筒转动，西部多么安静。仿佛
能听见地球轴心的吱嘎声。

风越来越大，万物变轻，
这漫游的风，带着鹰隼、沙砾、碎花瓣、
歌谣的住址和前程。

风吹着高原小镇的心。
春来急，屠夫在洗手，群山惶恐，
湖泊拖着磨亮的斧子。

卵石记

在水底，为阴影般的存在
创造出轮廓。恍如

自我的副本，对于已逝，
它是幸存者：无用的现状，
隐身谎言般寂静的内核，边缘
给探究的手以触摸感，
但拒绝被确定，偶尔

水落石出，它滚烫、干燥，像从一个
古老的部族中脱落出来，复又

沉入水底。在激流边
等待它出现像等待

时间失效。
看不见的深处，遗弃的废墟将它
置诸怀抱，却一直
不知道该拿它怎么办。

——它就在那里，带着出生

之前的模样。静悄悄如同
因耽于幻想而消失的事物。

尺八

石头上行船到天竺，
针尖下种花又开过了小腹。
如果放不下仇恨，就去一趟阿拉伯；
如果放下了仇恨，就去古寺里做一只老狮子。
大醉醒来，星空激越，
斟酒姑娘的手腕上，
有条刚刚用银子打好的大河。

火山石

烈焰已不见，无数孔洞卡在
石头内部：一个个空怀抱仿佛

无法完成的虚构，
带走了我们对记忆的认知。

钟乳石

——几乎是非自然的。
学会了自我控制的水滴，慢到
不能再慢的时候，秘密
才会一点点从中析出。
——回头看，双河溶洞里的钟乳石，
有人说是奇观，
有人说有种病态的美。

石壁上，潮湿的痕迹像留言：
"我用了七亿年来爱你，
你是我从自己的命里捡到的宝贝。"

风

也许你永远不会知道，
风在怎样经过。

当一个人远去，没有音讯，
只有风声。当一个人
从远方归来，
已变成一段难以把握的感情。

也许你永远不会知道，
风在带走，还是在放下，
穿过某个事件时，它曾怎样
与那中间的火苗相遇。

它吹着岩石，推敲其沉默；
吹着水，吹着患有不孕症的平面。
有时，你以为一切都过去了，
但风在吹，过往的一切
又在风中重来。

有时没有风，寂静
像一种面向虚无的呼吸。

有时，风吹着吹着就散了，
像一种根深蒂固的伤感。

有时大风过后，码头和船
像剩在世间之物。
但你仍然不知道，风
是个虚构的秘密，
还是某种无法探究的实体。

夕光

昨夜下了一场大雪，
群山变白了。

一垛劈柴像穷人的安宁，
一把斧子像北方的寂寞。
鸟儿落在长长的电线上，
细小脚爪，放过了来自远方的电流。

在故乡，你见过山茶花开，
见过火苗愿意去死，
见过满山的风信子怒放，像大量的故事
正从拥有它的书中逃离。

你到过一座旧车站，见过拆掉的
枕木、月台、铁轨……
见了已道过永别的事物。
你见过尽是老人的村庄，像一本
旧了的佛经，只能从
消散的晚霞中汲取呼吸。

你研究过西山坚硬的额头，观察过

河流交汇时产生的漩涡，

——它们不断旋转，又被自己的离心力拉开，

如痉挛的活结。

沙漠

——这从消逝的时间中释放的沙，
捧在手中，已无法探究发生过什么。
每一粒都那么小，没有个性，没有记忆，也许
能从指缝间溜走的就是对的。

狂热不能用来解读命运，而无边荒凉
属于失败者。
只有失去在创造自由，并由
最小的神界定它们的大小。而最大的风
在它们微小的感官中取消了偏见。

又见大漠，
又要为伟大和永恒惊叹。
而这一望无际的沙，却只对某种临时性感兴趣。
沙丘又出现在地平线上。任何辉煌，到最后，
都由这种心灰意懒的移动来完成。

海滩

潮水奔腾。
我只看见潮水奔腾，朝岸上扑来，
礁石在慢慢失去它的一生，
细沙闪烁却没有言辞。

我们散步。海滩早已完成：那从
纯粹的悲伤中派生出的
松软平面。

我记起从高空俯瞰大海，
它不动，像一块固体。恒定的蓝，
像带着已经老去的知觉。

——过于庞大的事物
都不太关心自己的边缘，也不知道
在那些远离它的中心的地方，
究竟在发生什么事。

清晨

群山像个句子一样拖着阴影。
清晨，露水之光，一面面山坡……
被领到胡思乱想的人面前。

男子取下墙上的铁器，画眉梳理羽毛，
老火车带着旧时代的寂静。
世界的神秘像一个窗口。你不可能

再在书中读到它了，那奔驰了一夜的
高大悬崖，急停在
幽暗无底的深渊前。

峡谷记

峡谷空旷。谷底，
大大小小的石头，光滑，像一群
身体柔软的人在晒太阳。
它们看上去已很老了，但摸一摸，
皮肤又光滑如孩童。
这是枯水季，时间慢。所有石头
都知道这个。石缝间，甚至长出了小草。时间，
像一片新芽在悄悄推送它多齿的叶缘；又像浆果内，
结构在发生不易察觉的裂变。
我在一面大石坡上坐下来，体会到
安全与危险之间那变化的坡度。脚下，
更多的圆石子堆在低处。沉默的一群，
守着彼此相似的历史。
而猛抬头，有座黑黝黝的石峰，正蹲在天空深处。
在山谷中，虚无不可谈论，因为它又一次
在缓慢的疼痛中睡着了。
当危崖学会眺望，空空的山谷也一直在
学习倾听：呼啸的光阴只在
我们的身体里寻找道路。
那潜伏的空缺，那镂空之地送来的音乐。

辑三

站在黄河故道上

去看一条河

那么高的山，
去看一条河要登上那么高的山。
那么陡，山上的马尾松已经退化成
小小的灌木。
我们往上爬，小心，又有点兴奋，
因为深渊正在背后诞生。
当我们终于爬上了山顶，俯瞰之下，
那条河正在峡谷里流淌。
其实，并不能真的看到它流淌，太远了，
河像静止的，又像一条
停留在痉挛中的心电图。
后来我们下来，想说说对那条河的
感觉，发现
竟无话可说。
想说说去看河这件事儿，发现
也无话可说。
多年后偶尔想起，我们曾真的
历尽艰辛去看过一条河，
我们在呼呼的风声中，
在无名的悬崖上
俯瞰过它，在那
高高的、蓝得空荡荡的天空下。

某园，闻古乐

山脊如虎背。
——你的心曾是巨石和细雨。

开满牡丹的厅堂，
曾是家庙、大杂院、会所，现在
是个演奏古乐的大园子。
——腐朽的木柱上，龙
攀缘而上，尾巴尚在人间，头
消失于屋檐下的黑暗中：它尝试着
去另外的地方活下去。

琴声迫切，木头有股克制的苦味。
——争斗从未停止。
歇场的间隙，有人谈起盘踞在情节中的
高潮和腥气。剧中人和那些
伟大的乐师，
已死于口唇，或某个隐忍的低音……

当演奏重新开始，
一声鼓响，是偈语在关门。

河边的脚印

沿着河边，有行隐约的脚印，
——许多天前有人从这里走过，
那时，雪下得紧。

雪曾把践踏的痕迹掩盖，
但在化雪的时候，阳光会准确地
率先找到它们，
现在，那些脚印的形状显露出来。

被踩过的雪总是化得快，
脚印，在释放它从前承受的压力。
我继续往前走，脚下
是晶体的断裂声。
一串单向的脚印，不见回头。

再往前，穿过废弃的砖瓦厂，
是通往县城的路。
回头看，脚印已是两行，
——当年，我也在走到这里时

回头望：村庄，和一个未知的世界之间，
正下着雪。那时，
是一行转眼变得模糊的脚印，
催促我拿定了主意。

站在黄河故道上

长天如流，长风如衣，吹动一粒沙，
一粒响沙，千万粒响沙，无数沙尘里无数的醒眼。

长河如梦，大野青青，极目远望，
——我看见的辽阔，
只是辽阔的一部分。

多少事物有着起伏的心，
多少云朵颠沛流离，
——水落石出，
我奔涌的热血里有数不清的马蹄。

站在苍茫的黄河故道上，
我想奔跑呐喊放声歌唱……
但我什么都没有做。

我知道，我不如像一颗小小的砾石，
把自己静静埋葬在这里。

半岛记

光阴如幻。海岸线的知觉，
散失在自身的漫长中。

整个下午，三座港口有三种孤独。
大海携带着窗帘奔跑，
卷来暮晚，卷来小星，卷起的漩涡
冰冷，中空。

狩猎

东山，
弓弦振落了露珠。
清新的鹿撞见清新的死亡。

东山，
又一些年代又一些猛虎。
死亡的斑斓花纹缠绕，
岩石碎裂，绵羊卸下倔强的大角。

黑蓝之夜，
父亲睡意全无，
将闪亮的胆传给钢叉和儿子。

凤凰

一次，我向船工打听沈从文的事，
没有回答，接着，他吩咐我往左坐一点点。
好心的船工知道，在凤凰，
一个外地来的客人不容易坐稳。

那是在沱江的船上，
江水清清，水草飘摇，
我撩着水，撩着秋的寒意，
看见桥边浣衣的妇人，
胳膊，泛着旧时代的藕色。

船工突然唱起了山歌，
应和他的是青山、蓝天，
沉默的是戏台、城墙、古塔、吊脚楼。
有人说，会唱山歌的船工不多了。
我疑心听错了，又有些怅然，
也许，等凤凰长出了新的翅膀，
就会重新教所有事物飞翔。

注：凤凰，古城名，在今湖南省湘西土家族苗族自治州沱江畔。

像这片老城区，
房屋那高高的飞檐翘角，像要
带领每一面屋顶朝天空飞去。
我疑心在夜里，
它们真的会飞一会儿。

我为自己的想法激动时，
好心的船工提醒我坐稳。

普陀山

大船如岛，大海无边，
昨晚，据说有人曾在海上散步，
但白日所见，
却是这些黑黝黝的礁石，
像一群不谙世事的少年。

——是幻觉带来了信仰，还是
信仰即幻觉？
海浪反复冲上沙滩，
像一群前赴后继的人。

我已来到山顶，
来到天堂边缘，极目远望，
哦，大海无边，
细浪缠绕着脚下的小岛，白色花边
仿佛人世间激动的源泉。

寺庙的金顶浮现，

注：普陀山在今浙江省舟山群岛中，为中国四大佛教名山之一，是观音菩萨的道场。

我身边站满了
面色冷峻的人，微有不安的人。
远方，信天翁从空中缓缓下降，
在早课的钟声里，它们
再次来到尘世，来到
大海永不停歇的翻滚中。

妙高台

老虎听经，
禅师是高明的驯兽师。
可无人见过他手中的鞭子。

两只跳进佛界的老虎，
它们的耳朵必有来处。
它们渐渐衰老，
只有听觉越来越敏锐。

在梦想之国，它们
曾如何安排自己的食谱？
——斑斓花纹熊熊燃烧，
被拖动的经卷亦窸窣有声。

妙高台上，凉风飒飒，
迎面走来的孩童，一笑，
露出两颗尖尖的虎牙。

注：妙高台又名妙高峰、天柱峰，位于浙江省宁波市奉化区溪口镇雪窦寺
西南，背靠大山，中间凸起，三面峭壁，下临深渊，是瞭望湖光山色的好
地方。

九宫山

1

荒草起伏。破碎石块
在收拾没有主人的心跳。是什么
在黎明前的鸡鸣中停步，
不再重回尘世？

又是春天，又是落日如丸药的春天，
——唯有假设的深渊是无害的。

2

遗恨如腐叶的霉味。
图案、楹联，都在释放出毒素。

又是春天，远望者有一颗迷宫的心。
——我们再次来到叙述深处，发现

注：九宫山位于湖北省咸宁市通山县，传为李自成罹难处，山中修有李自
成墓。

许多片段已提前脱落。

山势紧锁，纸上的人
正与纤维为伴。
——所有结局都只是阅读的产物。
命运，最喜欢拿大人物开玩笑，
一部大戏，
唱到中途就更换了主角。

3

又是春天，暖流浩荡而典籍中
黑暗深埋。马嘶、号角、萤火虫的
明灭深埋。痛苦在翻腾，
没有方向的亡灵

从不曾得到真正的平静。翻阅的手
被折断的矛刺伤。
模糊的队列经过，没有一个页码
能让他们再次安顿下来。

4

又是春天，又是
燕子、花布和烧酒的春天。
除了死亡，生命何曾有另外的结局？

牛迹岭、皇躲洞……都是光阴的脏器。
朝代，会在埋葬它的地方偶尔醒来。
——松涛阵阵，我们得到的，
仍是与声音完全不同的东西。

5

又是春天，有人在山谷里栽种火苗。
锈迹斑斑的月亮，
在天宇中咬紧失血的嘴唇。

野蒿是丢弃已久的词语。
——诠释之外，民谣之外，
并无新的路径出现。

又是门枢缓缓转动的春天。
苍茫，仍是被关在门外的东西。

天文台之夜

这样的夜晚是陌生的夜晚，
深涧里的鸟儿和遥远的天琴座
都在送来乐声。而一只蝙蝠说出
月亮的家，和它自己藏身已久的洞穴。
——对于人类，万物一直是友善的，虽然
昨天的股市中没有新星出现，只多了
几个吞光的黑洞。一场
来自天堂的雪，也不能把汇率和房市中的
尘埃压低。
但它们仍停在房顶、树梢上……
浮动的白仿佛厘清了
万家灯火和天上群星的关系。
因此我确信：那正在街市中闪光的车流
必然藏有陌生的星系，我们的过去和未来
都在其中。
——城市服从天象，岁月的真实
来自个体对庞大事物的
微小认识。而道德的珍贵恰恰在于
它最像流星：

注：诗中天文台指中国科学院紫金山天文台。

在落向人间时，是发光的，

——以及那燃烧掉的绝大部分记忆。

登越山记

我上山，想看看某人的庙，某人的坟，
某人赋闲后，怎样种花，饮茶，消磨戏文……
某块顽石无名的孤愤。

在山顶，我想看看那曾在此远眺的人。
想我，也是这人间隐姓
埋名的王。而你曾是小妖，救国救民也祸国殃民。

一夜风吹，松针落，花雕和老圃安静。
——且把棘手的前生放在一旁，
我下山来：你已梳妆毕，正在山脚下等我。

注：诗中越山指府山，在浙江省绍兴市，山上建有越王殿、越王台等。

布袋山

芭蕉肥大。山茶花落了一地。
朦胧中，听见雨还在下，听见
一首从未听过的歌，其中，
藏着神秘事物的前世。
而熟睡者像一块顽石，比如，
不远处山涧里的那一块，任流水缠身，
用苔痕的呢喃换鼾声。
而沿着梦的边缘，流水
继续向下，要出山，
最终，又放慢脚步，汇入大湖。
那是昨天我们梦到的大湖，在被
重新梦见时，有点陌生，为了
和雨般配，扮作一件不发声的乐器，
把自己寄存在
山谷空旷听力的深处。

注：布袋山在浙江省台州市黄岩区，五代后梁时有一肩扛布袋的和尚在此
建寺。民间传说布袋和尚即为弥勒佛化身，所以此山名布袋山，山谷名弥
勒谷。

桠溪

在山中，看见木槵、山雀、枇杷树、
谷底的卵石……感到安逸，想起
老街里的懒汉，肚皮圆滚滚的人。
看见癞蛤蟆，想起一生气就鼓眼睛的屠夫，
——已是黄昏，各种光在空中
折叠出波浪，城在远方已变成一尾巨鱼。
松涛阵阵，天黑透了，觉得自己单薄而宁静。
给家里打过电话，坐在走廊上，几乎
有种近乎愉悦的悲伤。

注: 桠溪为地名，位于南京市高淳区，该地被国际慢城组织授予"国际慢城"称号。

善卷洞

即便在洞中，
也有粗大的石柱直抵穹顶，
——它们仍在
和发生过的某种变化抗衡。

有的则像竹笋、瀑布……
——确实存在过另外的春天。
所有的生命都在一阵风中。

有的像某人留下的背影，
提醒你守好你的沉默；
有的像无法命名的鬼怪，说明
有更深的黑暗在黑暗中。

有水正从高处滴落，
每一滴里都有拉长的希望；
有的像岛屿、珊瑚，
你要处理好胸中的大海和翻腾。

———
注：善卷洞为石灰岩溶洞，在江苏省宜兴市。

有的像树林、宝塔、鸟、狗熊……
一座秘密的动物园，
对应着尘世的雄心和法则。
大象踱步，狮子扬鬃，嚎叫，
但无声。

在一座山的内心深处，
藏着无法自控的流逝。
——神仙们来过这里，
他们不解释永恒。

长白山天池

为燃烧善后的，是水。
沉落之木和漂在
水面的石头，都是寂寞。
废墟中，用于毁灭的力量消失了。
人间事，到头来不免满头冰雪。

草木以灰烬的秘密为食，
孤峰平静，波浪版本不一。
一面镜子的后遗症，是空
和深不可测。
没有一种蓝
能满足水中这片天空的愿望。
雪停了，风也停了。白色事物
现在是心灵的一部分：它们停在
山峦漫长的睡眠中。

注：长白山天池位于吉林省东南部长白山上，是中国和朝鲜的界湖，为休眠火山湖，也是中国最深的湖泊。

幕府山

还魂草像慌不择路的人。
波涛被平静的胸腔浪费。

街市喧闹，古渡回暖，
雷声，不时来为遁世者配药。
大雾有忘却的本性，
漩涡有反复确认的激情。

水位上涨，断矶孤悬，
夜行船，总是悄悄出现在黎明。
蝉和蜘蛛像两个遗民，一个
喜欢叫喊，另一个
喜欢编织，和默默记住。

闪电把花纹赠给衰老的船坞，
倾斜的雨丝，晶亮，微苦。

注：幕府山位于江苏省南京市长江南岸，相传晋元帝司马睿过江，王导设
幕府于此山，故名。

雨花台

春雨为江山松绑。
蕉叶像一封旧信。
阁子、石隙间，锈迹隐隐。

繁华已被石子们分掉。分到寂寞时，
春又过半。古老铜兽，
看守着梅花的病、爱情。

注：雨花台古称"石子冈"，坐落于今南京市雨花台区，相传南朝时有高僧在此讲经引来落花如雨而得名。

敬亭山

浅的喜悦在箜篌间流传，
比如洁癖、光阴之暗、性的微尘。
而作坊间，则能听见山河深处的风声。
无数心跳又碎成了纸浆。

城是暮歌，流水剪径，
纸由生而熟。一支竹管埋头苦干
很久了。
明月在天，神仙们列队回家。
敬亭山，带着老公主在路上。

注：敬亭山在今安徽省宣城市北郊，李白等诗人对此山多有吟咏，亦为唐
代玉真公主修道处。

雁荡山

1

夕阳是苦行僧。柔和的光
对黑暗更有经验。
摸到石头的人，顺便摸一摸时间的脸。
许多年过去，信仰与诵经人
都已化作山脉，但在夜深或落雨的时候，
泉声会增大，信仰
会沉得更深，并影响到
某些秘密在人间的存在方式。

2

黑暗渐浓，群峰越来越高。
瘦小星颗口含微光，为了
不让危险的深渊爬上天宇。

注：雁荡山位于浙江省，濒临东海，素有"海上名山、寰中绝胜""东南第一山"之誉。

无数事物趁着黑暗醒来：
猴子、鹰隼、大象。其中有两块据说是
相拥的恋人……
它们不愿分开，因为一分开就是永别。

仙居观竹

雨滴已无踪迹，乱石横空。
晨雾中，有人能看见满山人影，我看见的
却是大大小小的竹子在走动。
据说此地宜仙人居，但劈竹时听见的
分明是人的惨叫声。
竹根里的脸，没有刀子取不出；
竹凳嘎吱作响，你体内又出现了新的裂缝。
——唯此竹筏，能把空心扎成一排，
产生的浮力有顺从之美。
闹市间，算命的盲人摇动签筒，一根根
竹条攒动，是天下人的命在发出回声。

注：仙居为山名，在浙江省台州市，传说因曾有神仙居住而得名。

东湖散步记

1

现在，我们已是平静的人，
虽然一排排波浪如磨损的齿轮。

小岛上，眺望远方的巨石，
像来自某个实验室的物种。
它们一面被磨平，用来刻字；另一面
保持粗糙的原貌，像不知道
背面发生了什么事。

2

现在，我们已是湖畔散步的人，
脚步声有节奏地拍打着湖岸。

而水在爬行，带着时间的肋骨。
——阵阵晚风拖来了

注：此东湖指武汉东湖。

古老秘闻里锁链的声音。

当我们散步，没有脚的光也在
水的硬壳上行走，斩首后的浪波连缀出
漂亮的花边。

3

某些时辰，有人
试图清洗掉手上的疤痕，试图
把秘密的疼痛还给水。
当水的灵魂气泡般破裂，
陌生的反光像纷乱的倒影。

另一些时辰大风吹动，波涛
滚动如纸张，湖水像一个狂热的新思潮
生产线。这影响到了它既有的
内心结构：它也想站立起来，
从高处，俯瞰
街道和庭院里发生的事。

4

恍如所有事都过去了，但年月
仍在不断来临，不断取走
钟表里的废墟，和闪烁湖心虚构的
刀斧之光。

柳树的倒影在水底晃动。
星辰也常出现在那里，仍有
幽暗的预感守候着寂静，在为
未命名的事物梳理根须。

5

最后，我们一起来这湖边散步，怀揣
密函的一群，心里
藏着令人吃惊的宁静。

是的，湖水已轻如一封信。
多少风浪，已被扁平的纸张吸收，
纤维间的文字，带着危险的沉默
和神秘浮力。在世间，

它要重新寻找可以投递的地址。

崇明岛

"我曾焦急、浑浊，不知所措……"

但漫长的耐心才能建造岛屿。
在那里，细沙从生命中漏下来，仿佛
我们一直拥有，却从不知该怎样
使用的爱。

"不能被理解。在那中心，
它也许忘记了自身的来历……"
已是在另外的生活中，小岛
像一把绿色的切刀，把滔滔江水
一剖为二。
当我们重新寻找自己，发现
压在心底的秘密，
早已被暴力洗劫一空。

——实际上，它可能由我们全部的爱
和错误构成，既不移动，也无言语，卡在
余生的入口。在它周围，

注：崇明岛为岛名，地处长江入海口。

那被反复触摸的边缘，有什么
正在日夜滑向大海，仿佛
回忆般越来越远的手指？

通玄寺看山

这些山，有的像狮子，有的像鳌鱼……
方丈忙碌，菩萨低眉。指点中，
游客隐去了姓名。
建筑工地上，民工把挖出的碎瓷片
随手丢在一边。
"这是对的，因为鸟鸣、砖块、传说
都是破碎的，包括纸上的记载……"
那么，当深壑、火光、杂木、雷鸣，
都已成为无法归类的声音，地狱门前，
什么才是最后的棒喝？
大雾弥漫，朝代失踪，只剩下这
峰峦青郁；只有命名中这群
似是而非的动物获得了
放生的机会。

注：通玄寺为佛寺名，位于浙江天台山深处。

翠云廊

1

述说之前，你首先得保证，
有种东西不会被词语触及。比如，
它比国家早，或者
混迹于历史却不会被
任何朝代框住。

它已向时间道过别。
——故事化的世界被它抛在身后。
你一次次从它面前走过，但已想不起
它是何种秘密。

2

这样的一棵树：要六个人
伸开双臂才能将它箍住。

注：四川省剑阁县段古蜀道蜿蜒三百里，路旁多苍劲古柏，号翠云廊。

——树皮粗糙。但比起从中心
开始的膨胀，难堪的边缘更接近真谛。
——伪君子、枭雄、自大狂，站在
东山之巅小天下者……
都已消失。最后，剩下的是六个
伸开双臂的人。当风

把波浪赠予高大树冠，感受力在那里
遽然醒来：一个漩涡
把无知的天空猛地拉向水底。

3

绿云奔赴，裸根像脚踵。
但年月粗疏，源头不可知，途径
已被转移到假设中。
一支古歌不会带来和解。
年轮里的异族有不一样的初衷，他们
怀抱着危险的断代史。

也没有用以宽容的阔叶，
所有事件，越到细枝末节，越尖利。
爱和恨曾有具体的主人，后来，
全都转赠给了假面。

唯有看似不真实的雾气，
要不断挣扎着才能活下去。

4

浓荫匝地。一条路
中断又接续：
经过的无限性把它反复折磨。

人迹罕至，则生沟壑，
——遭到破坏的经验带着遗言的质地。
有些地方彻底毁掉了，
像失踪的记述：留下大段空白，
却无法进入。唯一能确定的，
是那里曾出现过种树人。

5

我们在浓荫下徘徊，滞留在
恍惚又漫长的对抗中。
　"有种东西像水，泼掉后，
仍能从尘沙和石板上捡回……"

我们继续徘徊，猜中过一棵树
在想什么，但猜不中
它的影子在想什么。

我们绕着一棵树打转，观察它的
阴面与阳面，
但不包含它的影子。
　"何种问题
如此稀薄以至于不需要阐释？"

枝柯交叠、晃动……
　"哦，问题也许已解决了，剩下的，
只是一个虚拟的语气。"

6

像一座书架上书籍的排列，
所有事物都已陷入沉思。
结局中，时间恢复了坚毅的面孔，
随时准备重新开始。就像

风突然起身，带着新生的膝盖。
——它越过我们，去赴一场
前世的约会。

——群山失散多年，栈道
是始终未完成的古别离……

"那雨一样落下的是什么？"
鹧鸪提问，无人应答，
能开口的斧子已在多年前离去。

采石捉月

1

江面很平，
看上去能放稳一张酒桌。

最难的也许就是这样了：
平静的江面按下鱼龙，
和其深不见底的万古心。

旁若无人的激流，
曾被轻轻吟哦驯服，又毁于
纵身一跃。
——谋杀，是种旷费已久的抒情。

2

微澜在散步。但一排

注：据《唐摭言》载，"李白著宫锦袍，游采石江中，傲然自得，旁若无人，因醉入水中捉月而死"。采石，即今安徽省马鞍山市采石矶。

突然的巨浪会打断它——

没有一首诗能留住月亮；也没有一条江
能比一首诗做得更好。当你
在险象环生的错觉中活着，
哦，你死期已至。

死期已至：你悲怆的一生仍只配
浊酒、八荒、行路难。
不管你曾怀抱过什么，仍无法把它们
置换成明月。

3

仿佛磨损所致，星星
又小了些。而月亮走动，浩瀚黑暗
在吮吸它的光。

像一枚酒器同时也像
一位远方来客，
在西窗外，在江心中，一点点减隕
复圆满，直到

把疼痛全部转化为隐痛。

在古老的美学中它是
因无人认领而失踪的苦难：
摒弃了流变、漩覆、重置的天空。
为使自己无罪，它在最深处
滑出人世，

避开了伸向它的手。

4

在那平静的江面上，燃烧过的光
像一层灰烬。

沿着一叶扁舟弯曲的弧线，
水底的苍穹在慢慢拱起。

光阴焚毁。寂静如宿疾。
带着醉意的风，一直在为一只大袖吹。
失效的嘴唇，
不断将天空和水触碰。

西樵山

如果，你要活下去。
你敲打石头将得到两样东西：火
和斧子。

然后，我们才能谈谈艺术。
石头里的火星会告诉你：死者体内
只有火能再生，
并给所有的艺术领来岩浆，

又触手冰冷。
我掌中，这充满了气泡的小石头，
能察觉到已经结束的东西。
而巨大的石头，被切割，雕琢，在所谓
成熟的风格或曲线中，
保持生硬。

如果你从火中来，
你也必将知道，活，陈旧而平庸。

注：西樵山位于广东省佛山市南海区西南部，为广东四大名山之一，百越
文化发祥地。

爱是一次死亡：喷发，
一个心碎的过程。分散、冷却的灵里，
留有你对世界的同情。

作为一个整体，火会死去，但石块
会一直醒着。
火星，成了被忘却的艺术的天赋。
宗教，用来吸收冲动和震颤的装置。
飞鸟变黑了，藤蔓和水纹都在挣扎，
你住在幽暗的房子里。
——你不会逝去，包括从前那大地的伤悲。

博物馆、书院、古村落、寺庙……
讲解轻声细语，但真正的教诲
会让一座山从内部重新燃烧：只有
少数觉者能绝处逢生。
——那最初的火，犹如孩童，在我们
每个人心底喃喃自语……
有时我闭上眼，感觉
自己像个在门外偷听的人。

如果我们从火中来，
我们必将在寒冷的梦中睡去，
而火就是黎明。
疼痛，和这世界一样古老。

火焰曾编织天空。思索，
若过于漫长则会充满灰烬。
只有道观的浮雕上这不知名的仙人，
用飘飘衣袂摆脱了沉重。
一个看似不真实的族群，替我们
把对绝望的反抗完成。

清凉山

远方，是淡蓝山阵，涌动，
但从未靠近这里。脚下，
依旧是这条沉实山径，落满松针、
坚果、金盏菊的细脆嗓音……
据说有人能看清鸟路，并就此
于空中划出复杂的轨迹。而昨晚，
一本旧书里的繁体字，
正在我心中化成枯叶飞舞……
世事纷呈，爱恨如乱石，多年来，
除了这小径，还有什么是不变的？
薄雾中，鸟迹闪现，旋即隐没……
我生活的地方，仍是大地神秘的角落。
晨光每天翻动纸牌，赌徒般的落日
每到离开，就有点犹豫，试图
说出某个古老的秘密。
多少次，我于梦中远行，出现在
陌生事物庞大的阴影中。
而脚下，依旧是这条山径。

注：清凉山古称石头山，位于南京市城西，与城东紫金山齐名，并称为"钟山龙蟠，石头虎踞"。

借助它，大山也许已倾尽了所有，也许
它一直都是另外的事物，
陪伴在山中乱走的人，又带着
谶语般难以自明的孤独。

平武读山记

我爱这一再崩溃的山河，爱危崖
如爱乱世。
岩层倾斜，我爱这
犹被盛怒掌控的队列。

……回声中，大地
猛然拱起。我爱那断裂在空中的力，
以及它捕获的
关于伤痕和星辰的记忆。

我爱绝顶，也爱那从绝顶
滚落的巨石，一如它
爱着深渊：一颗失败的心，余生至死，
爱着沉沉灾难。

注：平武县位于四川省绵阳市，其地险要，高山原始森林地区，为白马藏
族所居，称高山秘境。

丹江引

河流之用，在于冲决，在于

大水落而盆地生，峻岭出。

——你知道，许多事都发生在

江山被动过手脚的地方。但它

并不真的会陪伴我们，在滩、塬、坪之间

迂回一番，又遁入峡谷，只把

某些片段遗弃在人间。

丙申春，过龙驹寨，见桃花如火；

过竹林关，阵阵疾风

曾为上气不接下气的王朝续命。

春风皓首，怒水无常，光阴隐秘的缝隙里，

亡命天涯者，曾封侯拜将，上断头台。

而危崖古驿船帮家国都像是

从不顾一切的滚动中，车裂而出之物。

戏台上，水袖忽长忽短，

盲目的力量从未恢复理性。

逐流而下的好嗓子，在秦为腔，

在楚为戏，遇巨石拦路则还原为

无板无眼的一通怒吼。

注：丹江是汉江的最大支流，古称丹水，发源于秦岭南麓，自西北向东南
经荆紫关流入河南省淅川县，在湖北省丹江口市入汉江。

135

自鼋头渚望太湖

这乱流的水如同书写的水，如同
控制不住自己书写的水。

小岛像谜语一样安静地躺着，
有些伤害已变得接近抚慰。
天际线穿过更遥远的岁月……

那沉没在水底的，正是我们共同丢失的部分。
经历中有那么多需要梳理的线索。

这乱流的水如同取消一切的水。
——你有无数重新开始的深浅，
你仍只有一个用于结束的平面。

注：鼋头渚位于无锡市区西南侧的充山之麓，因充山有巨石伸入湖中，形
如浮鼋翘首，故名。

龙门石窟

顽石成佛，需刀砍斧斫。
而佛活在世间，刀斧也没打算放过他们。
伊水汤汤，洞窟幽深。慈眉
善目的佛要面对的，除了香火、膜拜、喃喃低语，
还有咬牙切齿。
"一样的刀斧，一直分属于不同的种族……"
佛在佛界，人在隔岸，中间是倒影
和石头的碎裂声。那些
手持利刃者，在断手、缺腿、
无头的佛前下跪的人，
都曾是走投无路的人。

注：龙门石窟位于河南省洛阳市龙门山，佛像石刻艺术宝库，造像多，规模大，位居中国各大石窟之首。

过洮水

山向西倾，河道向东。

流水，带着风的节奏和呼吸。

当它掉头向北，断崖和冷杉一路追随。

什么才是最高的愿望？从碌曲到卓尼，牧羊人

怀抱着鞭子。一个莽汉手持铁锤，

从青石和花岗岩中捉拿火星。

在茶埠，闻钟声，看念经人安详地从街上走过，河水

在他袈裟的晃动中放慢了速度。

是的，流水奔一程，就会有一段新的生活。

河边，錾子下的老虎正弃恶从善，雕琢中的少女，

即将学习把人世拥抱。

而在山中，巨石无数，这些古老事物的遗体

傲慢而坚硬。

是的，流水一直在冲撞、摆脱、诞生。它的

每一次折曲，都是与暴力的邂逅。

粒粒细沙，在替庞大之物打磨着灵魂。

注：洮水即洮河，黄河上游支流，发源于青海省西倾山东麓，东流甘肃省
汇入刘家峡水库。《水经注》云："河水又东，洮水注之。"

嘉峪关外

我知道风能做什么，我知道己所不能。

我知道风吹动时，比水、星辰更为神秘。

我知道正有人从风中消失，带着喊叫、翅、饱含热

力的骨骼。

多少光线已被烧掉，我知道它们，也知道

人与兽，甚至人性，都有同一个源泉的夜晚。

我的知道也许微不足道。我知道的寒冷也许微不足道。

在风的国度，戈壁的国度，命运的榔头是盲目的，这

些石头

不祈祷，只沉默，身上遍布痛苦的凹坑。

——许多年了，我仍是这样一个过客：

比起完整的东西，我更相信碎片。怀揣

一颗反复出发的心，我敲过所有事物的门。

注：嘉峪关位于甘肃省，是明代长城西端第一重关，也是古代"丝绸之路"
的交通要塞。

玛曲

吃草的羊很少抬头，
像回忆的人，要耐心地
把回忆里的东西
吃干净。

登高者，你很难知道他望见了什么。
他离去，丢下一片空旷在山顶。

我去过那山顶，在那里，
我看到草原和群峰朝天边退去。
——黄河从中流过，
而更远的水不可涉，
更高的山不可登。

更悠长的调子，牧人很少哼唱，
一唱，就有牦牛回过头来，
——一张陌生人的脸孔。

注：黄河冲出巴彦克拉山谷之后，一改咆哮之势，在阿尼玛泽山和西泽山
之间绕了一个四百多公里的大弯，形成了黄河第一曲——玛曲。

甘南

在甘南的公路边，
时见磕等身长头的人。我据此知道，
雄伟庙宇和万水千山，都曾被
卑微的尺度丈量过。所以，
多风的草叶里阴影多，
低矮的花茎上有慈悲。
青山迤逦，披单殷红，走在
甘南广袤的草原上，我只能是过客。
有次，友人向我说起漫游，说起酥油花
怎样离开了寒冷的手指——
那是在拉卜楞寺的高墙外，我偶尔抬头，
见乱云如火烧，天空
又长出了新的羽毛，使古老大地，
仍像一个陌生的居所。
无名的高处，万象摇晃，一直
都比想象的要深邃得多。

注：甘南全称"甘南藏族自治州"，中国十大藏族自治州之一，汇集青海、
甘肃、四川三地的高原美景，风光旖旎。

尼洋河

米拉山口，经幡如繁花。
山下，泥浪如沸。

古堡不解世情，
猛虎面具是移动的废墟。
缘峡谷行，峭壁上的树斜着身子，
朝山顶逃去。

至工布江达，水清如碧。
水中一块巨石，
据说是菩萨讲经时所坐。
半坡上，风马如激流，
谷底堆满没有棱角的石子。

近林芝，时有小雨，
万山接受的是彩虹的教育。

注：尼洋河是雅鲁藏布江北侧的最大支流，其源头为古冰川作用的围谷，
由西向东流，贯穿整个工布江达县后，在林芝境内汇入雅鲁藏布江。

雅鲁藏布江

白云飞往日喀则，
大水流向孟加拉。
昨日去羊湖，一江怒涛迎面，
今天顺流而下，水里的石头也在赶路。
乱峰入云，它们仍归天空所有。
——我还是在人间，
我要赶去墨脱城，要比这流水跑得快，
要赶在一块块石头的前面。

注：雅鲁藏布江位于西藏南部，是中国最长的高原河流。古藏文称"央恰卜藏布"，意为"从最高顶峰上流下来的水"。

黄河石林

此时，黄河在拐弯，
我们从山顶上一只回头远眺的狮子那儿，
辨认一座山深藏的愿望。

鹰回头，乱云飞渡，风
又大了起来，一面
巨帆样的绝壁，正从山体中缓缓驶出。
另一面绝壁上
是十二生肖：据说，
除非大难临头，那么多动物不可能
相安无事地一起奔跑。

此时，黄河在拐弯，
——只有浑浊的激流从中走了出来。
而登高四望，群峰如怒，真实与虚无
都折磨人：那么多渴望
成为奇观的念头，
在继续寻找与之相配的造型。

注：黄河石林位于甘肃省白银市景泰县的黄河边，长约9公里的大峡谷内，
奇峰绝壁，千姿百态，如同画廊。

泥浪翻涌，水倒淌，黄河在经过
这比它身世更深的峡谷。
它看望罢洪水一样在山中乱走的一群，
复又东去。

燕子矶

在凉亭下离别，
在警示牌那儿永别。
栏杆顺着悬崖蜿蜒，越过了
感知的边界。

诗词不朽。但微妙的需要
仍然傍着江水的流逝。
由于燕子敛起了翅膀，永恒被眼前
凭栏远眺的一刻拖住。

——是的，所有事都发生在
两次飞翔之间
那短暂的停顿里。

注：燕子矶位于长江边，是长江三大矶之一，世称为万里长江第一矶。所谓"矶"，就是长江边的巨石，三面临空，形似燕子展翅欲飞，因称燕子矶。

傍晚的海滨

我常常以为我已迷失，找回自己
是件艰难之事。
今天，我来到这海边——大海仍然在这里。
有人在那边堆沙器，我在这边望着远方。
我望见的事物：
海鸥继续研究天空；
小岛，守着它无法把握的情感，又呆在其中；
黄昏愈浓——潮水
喧腾，正把早晨时吞下的沙滩一点点
还给陆地。

注：诗中海滨指霞浦县的海滨。霞浦县位于福建省东北沿海。

敦煌

沙子说话，
月牙安静。

香客祷告，
佛安静。

三危如梦，它像从一个很远很远的地方
刚刚跋涉到此地。
山脚下，几颗磨圆的石子安静。

一夜微雨，大地献出丹青。
天空战栗，
壁画上的飞天安静。

注：敦煌位于河西走廊最西端，以鸣沙山、月牙泉及洞窟壁画等闻名于世。

天鹅湖

天鹅是个譬喻，是馈赠于
实体的一个幻象，让这片水从无意识
进入有意识——虚设之下，
不能飞的事物被安置在
被重新认知的空间中。在内部，
"随之，神秘的意志也出现了，在删除
你身体里的重力。"
当我们在电梯里上升，感到
某物比我们的速度更快，一个陌生的天空
在接纳那升腾。
——神奇的是，它比电梯的噪声
还要稍微小一些。
但当我们步下悬梯，脚，则需要摆脱
无名空间那隐形的结构。
"就像正从一个古老的翅膀上走下来。"
灯火阑珊。只有在地面上我们才能意识到
年月的统治。
多么频繁的运动，只要稍稍站得高一点，比如

注：天鹅湖位于安徽省合肥市，为城中湖。

站在阳台上俯瞰城市，就能顺便
审视这一百年来发生的事。
——液态面庞仍是安静的。不是湖水，
是显性的修辞曾经说服了我们。

四明山

不要让溪涧太深，
不要让竹根太深，
黑暗中的，要让它能听见我们说话，
听见我们的脚步声。

哪有什么天花乱坠，
只是这山里春酣。
世间事浅浅的，因风而起。
一个早晨，外在于你思考的深刻性。

刚才远山如黛，现在，
却起了大雾。
雾中，破译过的秘密仍是秘密。
树头，桐子花像雪，
树下，石头却没什么变化，
像稳定的观众，
在一堆绚烂旧闻中。

注：四明山位于浙江省宁波市西部，层峦叠嶂，山水奇绝，"二百八十峰，峰峰相次，中顶五峰，状如莲花"。

伊瓜苏瀑布

没有任何国家能管好其脆弱的地壳，
无数峡谷，又裂成了有人不想要的样子。
流水任性，它在国内流着，也在国外流着，
对于被命名它毫无感觉；对于
正在穿越的国境线毫无感觉。唯有当它
把身体突然出让给悬崖的时候，河床
突然消失，旁观者才能意识到，雪白瀑布
像被抽走了内容的语言，轰鸣着，一瞬间摆脱了
所有叙述，落向等待已久的深喉。

注：伊瓜苏瀑布是世界上最宽的瀑布，位于阿根廷与巴西边界线上。

双河客栈

我们在山谷间行走，
天空，仿佛更深了。
更高的山顶，大鸟盘旋；
更深的天空里，星星们涌现又散去。

湖面上起了雾，
裸露的山岩像烧坏的木头。
一只白鹭在飞，它携带的欢乐，
无法探寻其源头。

溶洞在山腹内沉睡。
巨兽也在沉睡，
瀑布、溪流、我们的脚步声，
不会把它们惊醒。大世界

背后的六百平方公里，
其中，每个区域都像个小国家。
锦鸡、画眉、斑鸠、朱雀，
唱着各自的国歌。

注：双河客栈位于贵州省遵义市十二背后景区。

客栈建在谷口，像一座
穿越时间的建筑，
又像通往所有小国家的入口。

花山

1

我用孤峰向一朵小花致意，
向和你相遇的清晨致意。

在江南，我将老死于一支碧绿的曲子。
——又像枯莲蓬插在瓶中。

2

这不是另外的地方。
——从未有过另一个如花妙处。
夕阳，可换小岛一枚。
爬行的螃蟹，
像件遗忘在水边的小事。

注：花山位于苏州城西南藏书镇境内，临太湖，幽静闲适，别有洞天。山
之名来源有二，一为其山顶之石状如莲花，一为山后之池生千叶莲花。

3

下了一阵雨，
衣襟如云片。

台风自海上来，
湖面，像一张用坏的毛边纸。

浆果沸腾。石狮饮下凉水，
饮下花岗岩心中的裂纹。

4

月亮不喜食肉者，
戏园里的椅子干干净净。
日出东山，枇杷熟于西市。

石床入水，木鱼上岸。
秋刀不识白刃，
千年大椿，对动物性的欢乐无心得。

5

庙小，佛是大的，
后园里，一只胡蜂有便便大腹。

枇杷小，语言小，
秋风、墙上的肖像是大的。
——唯这小小枇杷，
能治愈浩大北风的宿疾。

陈家铺

好看的嫂子住在隔壁，
现在，隔壁已改成了民宿，
茶桌边碰面的，
是来自远方的观光客。

好人得长寿。又一句：
不杀贪官不散戏。
他们谈论着在高腔里迷路的一座山，
据说，云上有条石板路，一直
等着有人从另外的日子里归来。

青色的石头能镇宅，
贵腐酒、端午茶，适合加固记忆。
山鬼、龙子、二流子、成精的野物，
生活拿它们没办法，
但古老的传说知道怎么处理。

注：陈家铺位于浙江省丽水市松阳县，被誉为悬崖上的村落，古朴幽静，
设有先锋书店等，现已成网红打卡地。

据说，有家老宅下埋过几坛银子，
茶社打烊前，它们
会化作一群白鸟在天上飞。

拉市海湿地鸟类标本馆

当我在早晨醒来，
我能感受到我刚刚做了梦，
但已记不起梦的内容。

而这午后就像早晨，
我是一滴雨，在天空中醒来，
那些刚刚离开这片天空的梦，
已在另外的空间里被做成了标本。
——它们已死去。
——它们栩栩如生。

注：拉市海湿地位于云南省丽江市，被誉为生命的摇篮。"拉市"是古纳
西语译名，"拉"意为荒坝，"市"意为新，"拉市"意为新的荒坝。

在石鼓镇看金沙江

1

江水在云端奔流。
一匹马站在水边，拥有过量的群山和自由。
博物馆里，马鞍弃置多年，像滞留在
失败的爱中无法脱身的人。

2

小镇，为茶马古道所留。
镇外，大水转弯，无数浪头和碎裂金砂
簇拥着新的方向远去。
镇子却安静，
像它收留的一面石鼓一样安静。
——那是一块掉队的石头，不声不响，
把自己寄存在
江水的喧响，和消失在
很久以前的马蹄声中。

注：石鼓镇位于云南省丽江市金沙江畔，因镇里有一块碑如石鼓而得名，
镇外江水为山崖阻挡，掉头急转，形成一个巨大的 U 形转弯。

雨中，桃花谷

"……也许，
你爱的只是一个想象中的人？"
浑浊的国度在声音中晃动。
漫长春日，眩晕袭来，仿佛那眩晕
是回声，也是回声的副产品。
现在，往事像一棵风中的朴树，嶙峋树干
穿过屋檐的缺口，
出现在后现代的天空下。
又像一棵黄连来到庭院中，接受修剪，
最终，与看不见的利刃达成默契。
枝柯交缠，花椒树像个陌生人，观景台上，
没人的时候被虚空锁住。
雨带走的，已看不见，
江水流淌，那是黄连树走过的缓慢之夜。
石头带着恐惧，像誓约在变成受伤的兽，
并在音乐的影子中缓慢穿行。
现在，雨从遗忘中带来了古老的语法；雨，
一部圣经，使信仰有了化身——遥远的
国境线在雨中消失了。

注：桃花谷位于南京市长江北侧老山内，因谷内山水清幽、桃树众多得名。

满河谷桃花怒放，汹涌花浪奔赴
我脚下时，如同
暴力带着它的魔法在冲撞
岁月的尽头。

在无想山

寺在山南。

按对称法则，山这边该有一座学校。

一条路到山前就断了。

脚步曾向空旷释放出它的声音，

现在天黑了，

所有路都被黑暗融化了。

按我的习惯，

我该在路边坐下来，抽支烟。

不是吗？所有路的尽头都该有一点火星。

实际上，这首诗的下半段里没有人——这不是

一首关于失踪者的诗。

山顶上，一个气象塔取代了制高点，

那是个圆球，

——像被所有信仰遗弃在那里，

在星空下。

注：无想山位于南京市溧水区，山水清佳，山中建有无想寺。

浮山湾看船

天际线上，有船冒出来，
一个不断变大的小黑点在向我们致意。
当它渐渐驶近，变成了眼前的庞然大物，清晰度
突然超出了你对远方的需求。

风把旗子吹得哗哗响，海水晃动，
像在一个巨大的实验室里晃动。
而当它启航——它再次起航，
渐渐变小，从天际线上消失，变成了只能
属于远方的
再次拒绝被理解的事物。

注：浮山湾为青岛海湾名，海景怡人。

昭觉

你要像那个牧羊人那样，
喝醉了酒，
蹲下来，靠在电线杆上。

你要像那个孩子那样，
得到一把塑料枪，就很高兴。

你要像那个妇人那样，
背一篓玉米到镇上去。

你要像桌上的香炉那样，
许多愿望化成的灰烬堆在它心里，
余温也堆在它心里。

你要像一头牛那样，用尾巴
驱赶着苍蝇，
在正午的水田边。

注：昭觉，彝语意为"山鹰栖息的坝子"，位于四川省西南部大凉山腹地，
是凉山老州府所在地。

你要像一根骨头那样
在锅里翻滚。
你要做过了地上的污水，
才能有一颗干净的心。

你要像那个小贩那样，
推销着小商品，
在讨价还价中忘掉了自己的生活。

在威海

海浪拍打在沙滩上，
那哗啦声，像一种告知。
第二声，则来自它退回大海时，
与后一浪相遇时的激荡。
如同两种时间在相互催促。

……世间事消磨于粒粒细沙。

我们就是从那里乘船出发的，
来到这大海深处，漂浮在
一个叫作大海的没有岸的概念上，
极目远望，再无所得。

注：威海市位于山东半岛东端，北、东、南三面濒临黄海，市域内海岸线
长度有九百多公里。

塔尔寺的旃檀树

我要是一片树叶就好了，
我要是这样的一片树叶就好了，
我拥有一声怒吼，
这怒吼，因为沉默而有了可触摸的边缘。

我要是一片树叶就好了，
一座寺院围绕它建起。
春天，高大的旃檀树像一个僧侣，
秋天，十万片落叶像四散的僧侣。

注：塔尔寺在青海省，是宗喀巴大师的诞生地，寺中的白旃檀树，传说是
宗喀巴大师诞生时，从剪脐带滴血处长出的。

普者黑的游戏

这是属于夏天的游戏，
坐着小船，手里拿着泼水的工具：盆、
小桶，或一把舀子……
当两船交错而过，
就舀起水朝对面船上的人泼去。如果
被人从后面赶上来，两船并行，
则是一场持久战。
水上，到处都是呼喊声、笑声。
大家都湿透了，也有
惊慌失措者，把船划进荷花深处，
压得花朵晃动着，朝两边倒去。
当我再次来到这里，已是深秋，
我站在一座桥上，想起有个孩子曾躲在这上面，
把一桶水朝我们兜头浇下。
多么有趣的镜头，可惜当时
用来拍照的手机，全都装在塑料袋里。
水上无人——正是当初的过度喧哗造成了
这眼前的空旷。

注：普者黑为地名，位于云南省文山州丘北县，名字源于彝语，意为"盛
满鱼虾的池塘"，素有"云南小桂林，丘北普者黑"的美誉。

我们下到船上，水有些浑，小镇和山丘，
仿佛都晃动着，漂浮在水上。
"你还好吗？"我在心底里
朝被船头分开的水发问，仿佛
它们正是当初的水。
枯荷间，几朵莲蓬像黑色的鸟儿，
水流得急，它们一动不动。

洗马潭

我正面对着一个水潭，
在海拔四千米的苍山上。
我坐在这里已经有一会儿了。

我已走遍附近的山峦，
并在索道上凝视过移动的深渊。
但现在才是重点：喧哗的游客在指点，拍照。
而这片潭水那么静，仿佛
没有什么能把它惊扰。

据说，忽必烈征大理时曾在此洗马，
但这显然不是它的记忆。
呐喊，杀戮，燃烧的城池，
对于它来说，不过是山下的区区小事。

当我从山上下来，
仿佛已从高处带回了什么，又仿佛
一无所得。

注：洗马潭为一水潭，在云南省大理市苍山上，因忽必烈征大理国时在此
洗马而得名。

对于万千高峰，一个从无任何行动的水潭，
为何类似我们心灵的赋形？

现在已是夜晚，苍山消失在黑暗中。
但我知道，在高高的山顶上，
那小小的水潭，正静静地，
独自面对整个天空。

青海谣

在夏拉草原，他们说，
这是仓央嘉措最后失踪的地方。
我坐在路边抽烟，心里想着你。仿佛
我和我心里想着的你，
正从这人世间秘密消失。

车子在高速路上疾驰，
哈拉库图村在车窗外闪过。
在那里，昌耀娶过一个藏族女人，生了一窝仔。
土房子的温暖留在村上，
而车子在加速，像我带着你
正从曾经的年代逃离。

当我坐在青海湖畔，
波涛拍打堤岸，也拍打着我。
湖水无边，但我对你的想念才是中心：
仿佛在一个
蓝色大教堂的入口处，

———
注：诗中的夏拉草原在青海湖畔，哈拉库图村为诗人昌耀当年下放并生活
了 18 年的村庄。

我触摸到了它黄昏的阶梯。

当有人教我唱花儿，
歌唱其中的青春和爱情，
我的声音结结巴巴，心，却蓦然年轻，
空旷西部，突然变成了一座
正处在变声期的大教室。

雷公滩瀑布

轰轰的声响里，
水头跌落下来，在深潭中
稍作回旋，又挤进一个漏斗，
朝下游流去。

往下，百米开外的地方，
水已平静下来，
像一张青玉桌面，
瀑声传来，已隐隐如回声。

当我们回来，瀑布仍是原来的样子
……它和那宁静的时间
是并存的。某种用隆隆声
才能领悟的东西，不为激情所动，
像一截白从青色的
阴影中析出，并一直
悬挂在那里。

注：雷公滩瀑布在云南省罗平县境内，因瀑布水响如雷而得名。

一块想爬上瀑布的大石头，
如巨兽，满身青苔，
已经接近了水顶。

那色峰海

无数尖峰，正在通往天空的路上。
亿万年了，它们干得不错。

我也在登天，
当我大汗淋漓出现在峰顶，
也成了一个云彩上的人。

天空中有什么？
我和众峰都仰着脸。大地上
波涛起伏。没有一处虚空让我们
如此痴迷。虽然，
那最高的一蠹并不比
最矮的一个知道得更多。

我下山来，回首间，
山又长高了一截。
有人还在攀登，他将到达
我没到过的地方。

———

注：那色峰海在云南省罗平县旧屋基彝族乡大补懂村，被誉为"天下最美
峰林，世界山峰之都"。

总有一天，一个从更高的高处下来的人，
会把答案带回人间。

鬼脸城

鬼脸城下，古代是长江，
现在则是秦淮河。漫长岁月里，
江水不断吃掉岸、河道，朝远方滚动，
——挣扎和摆脱，
一直是它的不安所在。

如今，鬼脸仍嵌在城墙上，
不肯退场，只是
在一座用于散步的公园里，我已分不清
它是鬼脸，还是个学会了
做鬼脸的人，
并已远远离开了它的源头。

注：鬼脸城即石头城，因古城墙中一块凸出的椭圆形红色水成岩酷似一狰
狞鬼脸而得名。古时城墙下即长江，后河道摆动，现江水已远在数公里外。

公弄村

那天早晨，坐在民宿的平台上，

我想给你写一首诗。

我不知道那是一首怎样的诗，只知道

它是一首静静的、带着我的背影

面向山谷的诗。

我的心，像深壑那样深。我知道，

从那危险的渴望中，的确无法诞生一首诗。

后来吃早饭，品茶，车子在群山上疾驰的时候，

我望见自己仍坐在那里，像已在寂静中

坐了很多年。一阵阵鸡鸣

搬走了空旷里

可能属于一首诗的事物。

注：公弄村在云南省临沧市勐库镇，为布朗族世居地，是茶祖濮人生活过的地方。

辑四

葱茏

葱茏

1

曲折的穹顶下摆放着摇篮，
有些丢失的梦化作手臂的晃动。
这是午后，谈话的声音小了，石头
陷入沉默，林木的倾听却愈加入神。恍惚间，
遥远的呼声像树杈上的幼芽；一凝视，
又变成了不堪攀缘的枯枝。
——无名的探寻，借助风力不断缠绕过去，
将看不见的气袋和涡流编织在一起。
而在另外的日子里，榛莽和公园
交替穿过纸上的庭院。
——这是许多日子消逝后的日子，枝柯晃动，
乐趣稀薄，站在道路两旁的树，
如同需要想起的记忆。
有人躺在草地上，眼望浮云，
有人在黑暗中掘到从前的房屋、铁、骸骨。
而迟缓、疲惫的躯体，沉浸在
耐心一样晦暗的树荫中……
——太久远了，往事如同虚构。
……仿佛从未发生过什么。容纳了

所有瞬间的世界，唯此树林像是真实的，让人
猛然觉察：那些曾庇护过我们的天使，
已变成了走过瓦楞的猫，无声无息。

2

要在林木上方，太阳的光芒才饱含善意。
毛茸茸的嫩叶，恍如苦难岁月
留下的卵子。而在街衢、闹市，光滑的屋脊
像鱼，总想从时间的指缝间溜走。
它们，也许真的因此躲过了什么。
"任何可以重来的东西，都有低级的永恒性。"
在古老的郊外，有些树
已历千年，我们仍不知道它们想要什么。
"它在历史里走动，使用的
是它自身，还是它的影子？"
疑问一经形成，就和所有的事件同在，
……抵制、辨认、和解，严格的法则对应着
散漫的株距。
对转换的凝视使一切（废墟、拆掉的庙宇、线索……）
按照树的方式进入另外的思绪。
"树站着，一定是有种
需要不断强调并表达清楚的东西。"
粗糙的黎明中，我们醒来；梦

和睡眠分开，从中变绿的树林，已在
绵延不绝的生长中分出了段落。

3

"节外生枝之物，都有棘手、固执的秉性。"
夏日潮湿，枯木上的耳朵
会再次伸进生活中来。
老透的树干里，波纹回旋，茫然而又坚定。
杂乱无章的枝条间产生过天籁，但还不够，还需要
称心如意的琴、鼓、琵琶、二胡、梆子……
——存在一直是简单的，当音器在手，才可以
在另外的声音里重回枝头；才可以
借助复杂的叙述敲定内心的剧目。
或者，析木为栋，为梁，为柱，为斗拱、桌椅……
或者，在木头上描摹，雕花。
（没骨，缠枝，也是令人目眩神摇的植物学。）
尺寸即自然。雕刀足够锋利，就有了天空。此中
有自明的痴情、野蛮的甜蜜……
而人，总是处在两者之间，拿不准
哪一个更好：枝间的长笛，还是屏风上的小兽？
或者哪一个更糟：大风吹折的树林，
还是镂花内无人察觉的深坑？

4

树与生活怎样相遇？

只要嗅一嗅花香和汽油味，就知道，

它们没有交流，也不会相互抚慰。

这正是我们的悲剧：总把最重要的事

交给引擎来处理。"在对方的空虚中，才能意识到

自我的存在。"然而

树梢、塔吊、霓虹，又交织在了一起。

（我想起一头饲养在纸上的挖掘机，

正吃掉水管、石块、街道的呼吸。）

柴堆杂乱，冬天强大，让人怀疑，

一直有一位冷漠的神存在，并允许了这一切。

当错误变得完美，我们更需要

单独的考量；需要一棵来自林中的古树

在我们思想里的脚步声。

是的，不管世界有多大，围绕着一棵树的

一直是一小片冰凉的漩涡。

城市如同巨人在狂欢。一段树枝，

也曾有过钢筋一样强硬的追逐。——它是要分清

事物之庞大与伟大的区别。而对此

我们能知道什么？蛀虫的痕迹，

还是在它预感中闪光的金属种族？

也许，灵魂的安详正来自于此：

舵一样的墨绿山脉，以及坚硬、挤在一起的

树杈，与空间那无休止的刮磨。

5

一旦置身林中，仿佛就跨出了城市的边界。
（哪怕是一小片晨练者的树林。）
一两声鸟鸣，孤寂瞬间包围过来，
足可使此日不同于往日。
干净的石头，带来一些失败的联想。
松树的鳞纹，仿佛往事游弋的幻影。
茑萝的柔软和苔藓的单薄中
都有淡淡的迷雾。
小杨树走进刺槐的梦，它无所得，它回来，
在一阵风中摇摆不定。
（它还小。生活，尚是不需要意义的哗哗声。）
树各自独立，枝叶却交织在一起，
它们的影子也交集在一起（相比于它们，
影子，有过的交换也许更多）。
香樟光滑的横干上，还留有离去的手的抚摸。
蔷薇的刺，已构成了和虚无的尖锐对立。
一场蓝雾来过，所有隐藏的，呈现的，
都值得尊重：无名的手，依恋，泥土，莎草……
或者，叶面上的露水，那没有边界、
不可回收的感知。

188

——一切都无须证实。对林木的热爱，
最后，停留在对一根枝条的理解中。

6

而在更远的树林里，鸟儿如一颗颗受创的心。
飞翔的蝴蝶，像打开某种神秘存在的钥匙。
有种古老的活法，在榛叶和梧桐中。
有种真诚，在乌桕的根和它身体的斜度里。
如果智慧让人厌倦，荆棘会长出更多的刺，红枫
也会带来更单纯的热情。
虽是某种理想的代言，它们
并无受难的面孔，只云杉高耸的树冠
略显严肃，须抬头仰望，并顺便望一望
树冠上方高远的天空。
（那里深邃，沉静，和我们像不在同一个时代。）
坚果如香炉。侧柏的皮，粗糙如砂，从空间中
提取的沉默结成它的身体。
纤细的须根有轻的发音，使气流中
交错着无声的变奏。
所有的细枝都仿佛在说，只要心有怡乐，就不妨自得。
在光阴坚固的实体和花瓣的柔软间，
它们只爱自己的幸福。

7

有时是一座夜的树林，披拂的枝条
探身在未知中。
太黑了！黑鸟的叫喊，被绑在黑暗的柱子上，
患病的云在天空里茫然走动。
太黑了！影子早已抽身而去，每件事物都像是
黑色之源。偶有一两点
微弱的光，在其中辨认死亡。
——那是萤火一闪一闪，稍稍增多时，它们
聚集，像把灵魂扎成了花束。
而我们的灵魂
归于何处？是远方那恍如巨舰的城市，
还是眼前这回声般的黑暗？如果
生活已被转移到别处，那么，
树林是什么？拥有全部记忆的黑暗是什么？
正确的爱曾经像恋人的眼神，而现在，
是错与迷失，是罪与道德混合的小路。
一只莫名的手，像来自另外的星体，带着
另外的方式。被毁掉的街区、道路、村庄……
都已不见。它们在消失，在黑暗中
摸索自己的轮廓，以及
树与它们、它们与它们之间的联系。

8

有时则是一座时间的树林，

饱食光阴，捕捉失踪的时辰。

譬如雷雨过后，棠梨会将一口气吸回肺腑。

又譬如椿树，当它的腰身长到足够粗硕，

便不再用来衡量什么，只把寂静挪动。

或者是瘦细、预言般的光线，在阴影中梳理声息。

时间，时间是一只小兽的滑行，

也是数百万棵树上，露水同时的滴答声。

是鸟巢，是落叶纷纷，是金龟子坚硬的

胸甲、指爪，木杪间再次卷来的银河的回声，

是蛛网、鸟鸣、雷电、蚂蚁的洞穴……

"你怕吗？""不！"当时间呼啸而过，

对命运的指认，才具备了令人信服的准确。

时间，时间是木已成舟、守株待兔，是野火、木鱼、

十字架，

记忆中的膝盖，灯晕的薄翼，木墩，

沉香积攒的黑而无声的风暴。

当许多事过去，时间是纪念品一样的老人。

当他踽踽走过，一面玻璃幕墙会突然以全部的痛苦

将一根新发的嫩枝紧紧咬住。

9

树怎样生长？一直是个秘密。
树的上方，宁静也在生长，这契合了
树对自身的要求，还是天空的需要？
也许这正是身体的本真：有空缺，又被呼应充满，
当它快乐，它就摇晃，以期
让快乐知道自己为何物。
当它身上的疤痕变得模糊，不再像眼睛，不再
有清晰的凝视，岁月的蹂躏，
才从中获得了更宽广的象征。
根在黑暗中连接，某种深刻的东西早已被确认。
未来像树枝在分叉——同过去一样，那里
仍会有南柯一梦，或束手无策。
也许，这正是需要把握的天性：像树那样
把过去和未来连接在一起，
只需一粒幼芽，就可指出时间的相似性，
又在抽发的新丝里，找到未知世界的线索。
叶片飞舞，朝向广大的时空，抛掷它的脸、脸部的
气流、光、不规则的花纹……
而星群焚烧，天空拧紧腰身，天地间
用力过猛的地方，仍是树咔嚓作响的关节。

10

树林从不着急。没有比它更稳定的东西。

——风暴并不曾使它变得空虚。

手拿斧锯的人，得到过人世的快乐，

怀抱林木者，则能腾云驾雾，飞过噩运。

更多的时候，树被用作比喻：

一个开花的人，一个长刺的人，一个有曼妙枝条的人，

——我们，在从中寻找生活的等式。

而林木，似乎也对这比喻有所感应，因此，

香樟有蛊惑的香，核桃内心有隐秘的地图。

仰面槐与垂柳有无名的交换，

悬铃木充满音乐的肺腑，我们也能置身其中。

——转换，带来了对自身的静观。

这也像比喻：为短暂而生，事毕即脱离。

当一切都结束了，我们仍是孤独者、可怜人、坏蛋、信

徒。仍有

林木在我们心中排列。我们也会

穿过幽冥与晦暗，重新来到明朗的枝头。

在那里，花朵正开，路径纷呈，精神的芬芳招展洋溢。

我们再次从自己的心灵出发，那些花瓣

是胞衣、子宫，神圣而秘密的往生之地。

11

殿堂里，"粗大的廊柱有助于思索。"
废墟上，美别有意义：拯救与受难合为一体。
"破败的心灵使它们受了委屈。"而此刻
它们在我的房间里，分别被叫作
银叶兰、铁树、龟背竹……少女、思乡人、僧侣……
书卷、文字里的白银和我想起的往事
陪伴着它们。公园在外面，但室内的一株石楠
也会把自己触及的空间
与更远的空间联系在一起。
"一个千手、秘密的观音，
尘世有多少死结，它就有多少相应的枝条。"
——另外的人则把花朵锲刻，更多的尤物
也在那里，更多的抄经人，以及
愿望的纹理，在木桌上滚动的
赌徒的指骨做成的骰子……
是的，叙述中的树林，我们一直不知道那是谁的树林，
而已流逝的时间，变成一片树林是可能的。
"它寄托自己，不希望沉入更遥远的过去。"
每念及此，树林就会传来一阵猛烈的悸动，风
也不再迟疑，它猛然一跃，从我们窗前
朝一个没有时间特征的年代赶去。

12

并不是林木在引领一切。有时候，
它也拿不定主意，需要听一听我们的说法。
我们周身遍布林木的影子，并在它的摇曳中
寻找自身，寻找那最精确的口吻。
"每个人都是辽阔、不可穷尽的。"但面对
娇艳的花朵或地上的落叶，我们该庆幸还是惭愧？
"到最后，我们都是吃往事的人。回忆，
却变成了与回忆相连的东西……"
据说树呼吸，用的正是我们的呼吸。
有个人去世了，敛入棺木，一棵树陪他前往他乡。
对于这棵树另外的生活，从此再无消息。
树多得像恒河的细沙，命运又何尝不是？但一棵树
不会玩味我们的命运，并自鸣得意于对它的感受。
当它吞食陌生的事件，自己也会陷入挣扎中。
……另外的人在公园里晨练，树同样陪伴着他们。
而它们自身，一半在地上，一半在地下，类似
一切存在与相遇的基础：
没有开始，你一选择，就有两个完全不同的方向；
也没有结局，能够移动的不过是幻影。

沉香

题记：一缕香息，解开过你五脏内最细小的死结。

1

香息缠绕。一粒微火，
专心于可以化为灰烬之物。
你有无数事，但安排它们的，是这粒火。
淡淡烟缕，仿佛某个问题
得到了解决，脱离现实而去。
而在遥远的远方，因对这些时刻有所感应，许多树
会摇摆，并哗哗作响。

她们一直在谈论这种香。
而今，那谈论声已成没有内容的回声，
已成无情、无名之宽。也许，只有等她们成为
画在纸上的人，等回声传来，你才能意识到
献祭般的仪式，艺术的纯粹，都有乱世气息。
——你在大殿里徘徊，照壁斑驳，
最安静的下午最难度过：山河如一张旧绢，
花园里的银杏像两只疯虎。

2

"……是伤口，确定了你引颈就戮的一生。"
种植园里，有人正用刀子切开树皮……
——总在太晚的时候，你才会
认识这样的持刀人，并讶异于
结香的方式，类似家国从前的隐痛……
还有一种虫子，在木头里蛀洞，
让你想起那些大臣、仆役，他们
熟谙生存之道，早已知道怎么做
最安全，知道伤口只要有用，
就不是空洞的，甚至远比一棵树重要。
还有那无赖的一群，没有头脑，
却有凶狠的牙齿，知道噬咬，吃，却偏偏为
命运眷顾，名留青史。
——狂热，一直都是一种职业，能把
利刃训练成寄生虫。而你
咽下的疼痛在体内下沉，形成
一个难以消化的"深处"。
——没有谁会探身这洞穴。
"留着吧，那能溺死利刃的东西。而我们
只是需要更多的伤口，直到对于过往
你百口莫辩。语言是我们的。荣耀和污蔑，
我们已为你安排就绪。最后，香气
足以使反对者平静下来……"

是的，当你回首，暴力像一个游客
早已离去，所有伤口，
都已被归类为纪念品。

3

尚未雕琢的沉香，像一截朽木。
当它静静躺在那里，你知道，
悲观主义者才会拥有
这个世界留下的全部孤独。
有次吃酒，邻座，自称通灵的女孩说，
在所有传说中，香息是最遥远的一个。
你留意到她的淡淡体香，那香里，
有多年前对你纠缠不休的命运。
而她白色的长裙耀眼，仿佛已有能力
拒绝光阴从她身上经过。
别针沉默。酒馆里庸俗的曲子，
在尝试触碰它不熟悉的国度。
你蓦然发觉，一只狮子像刚刚离去的夕阳，
正从远方启程，越过已从生命中
消失的山岗，再次来到灯光下。
——仿佛，你体内又有了灼人热力，但那
也许是某种劣质酒精的作用。
你去洗手间小解，看到案子上有盘香在燃烧。

而在你体内，陈年的阴影仿佛香灰……
回到座位，你嗅了嗅手上的烟味，一种
更加浩大的气息中，隐忍巨岩
敛住了长草和毛发的起伏。

4

"除了香，何物可以手一样传递？"
据说安息香能定住万物的灵魂，据说
宗教、爱情、人伦，是另一种香气。
迦南珠子在摩挲中有了包浆。
篆香燃烧，严谨的刻度一点点散失。所以，
虚幻之物，化为实体是可能的：当火
在它体内追逐，是时间在逃亡。
——依稀尚在生命的盛年。一次
在似是而非的香道表演中，你认出了那燃烧。
它被邀请来辨识一些丢失的东西。
你注意到，开始的时候，它小心、迟疑，
使用的，仿佛是一种迟钝的嗅觉。
烟缕的手在抚摸虚空，又会在微风
突然变动的念头中散开，隐于无形，让香气
进入更加隐秘的范畴。
——每炷香都是祈祷，立在
有人离去的地方，从倾听到交谈，然后，

它细小的舌尖渐渐放荡，并沉入疯狂……
那是火的本性，分寸下的怒涛，你记起了
夜间的围猎，葱茏火把突然
出现在惊骇的动物们面前，像极了
美在你心中绽放的一刻。
你安静地观赏，但心中已明了，此一仪式，
想培养一位风流倜傥的神，得到的，
却是个优雅的刽子手。

5

所有秩序都是失败的魔法，
总会派生出另外的东西。
痛苦能变成什么？说到底，你也不清楚。
有时你也会问自己："你为什么要拼命
散发出香气？一个斩首过的人，
为什么要从长眠中起身？"
没有答案。但为了人间癖好，你知道自己
要再死一次。
上一次，你死于生活，
这一次，你死于他们对艺术的偏执。
断头台变为香案，铁骑变为阵风，持刀人
换成了长发飘飘的女子。
看看这卧炉，这熏球，这斗、筒、插、盆、箸、

铲、勺、囊，再看看这女子，
动作轻柔恍如仙子。（你已认出，她们
曾在你庞大的宫殿里嬉戏。）
无数次围城，河山飘摇，而炉中烟
总是一根孤直，不疾不徐。正是
这些千钧一发的时刻，
教会了你对世界轻声细语。
——以什么来收买你的死法，让你
声名狼藉之后，又登堂入室成为
座上宾，眼看自己的器官众叛亲离？
说到底，酷烈的香气更接近
梦的本质。当你成了一块木头你才知道：
相信气味胜过相信传奇。

6

酒滚过喉咙，低低吼声
只被自己听见。黑暗把忽明忽暗的花朵
运到走廊的镜中，你经过那里，
看见自己的脸，再次意识到，只要是夜晚，
就需要对岁月重新辨认，因为，
更多的夜晚会同时出现，携带着
遥远的时刻、场景，和多重身份。
——那是更古老的夜晚，房间深处，

大香炉内的沉香在慢慢燃烧，江山在焚毁，
衣服搭在青铜上，清晨，
当你更衣，你就变成了一只大鸟。如此，
你才得以在时间中反复出现。
书籍、唱词、曲调与卷轴，或者
牧人、樵夫、某个不合群的小职员，
都已被叫作劫后余生。有时月光如水，
琴曲和山歌响起，在一座山
连绵不绝的绿色幻影中，
你被叫作黑塔汉子或玉树临风，高贵的血统
在粗鄙的光线中摇晃，沙沙响。
——你很少再耽留于自己的前世，
只在春梦深酣，或者狂风大作的夜晚，
仿佛某种召唤，你身上的伤口
全醒了。它们喧声一片，
要挣脱你的身体朝远方飞去。

7

按一个后世诗人夸张的说法，你被找到时，
已经耗掉了数亿光年：他是怎样
把时间换算成了难以抵达的距离？只有
在对绝望最后的安置中，你才沉入水底。
——你并没有死去，目击者、记载，

都不可信。甚至，你在那里找到了
最好的活法：在幽暗的深处，
你聆听遥远水面的喧动。
生活在荡漾，带着无记忆的波纹和欢欣。
偶尔，某个突然的浪头
会在一愣神间察觉到你的位置。而你，
已成为一个真正的失踪者。
第一次，你知道了卵石磨圆的肩膀，
透明暗流满是皱纹的手。
漩涡时常生成，唯有你知道它的内容和期待。
唯有在水底，被水包围，你感到被珍惜，感到
此一珍惜，在释放出更多陌生的空间。
有时，一些巨木会俯冲下来，又在
水的拒绝中重新浮上去……
岁月嬗变，像在一种沉默的语言深处，一个
从不曾遭到破坏的故乡，你纵情且沉迷，
不愿再接受任何救赎。

寻墨记

——致 x

1

光线腐烂后，另外的知觉从内部
将它撑满。
当胶质有所觉悟，又有许多人逝去了。
浩渺黑暗，涌向凸起的寂静喉结……
——傍晚，当我们返回，新墨既成，那么黑如同
深深的遗忘。

2

我熟知四个与墨为伴的人：
第一个是盲者，他认为，将万物
存放于他的理解力中是正确的，因为不会被染黑。
他对研墨的看法：无用，但那是所有的手
需要穿过的迷宫。
第二个说："唯有在墨中才知道，
另一个人还活着。"说完，他的脸

就黑了下来，出现在斑斓戏服里。

在那里，墨成为色彩存在的依据。

第三个刚从殡仪馆回来，一言不发且带着

墨的气味、寒冷和尊严。

第四个在书写，在倾听

一张白纸的空旷，和那纸对空旷感的处理。

他告知打探消息的人：事情

比外界所知的更加离奇，但所有

亲临现场者都要保守秘密，

因为这是结局。

3

"……如果已醒来，

它就不再完全像一个物体。"

确乎如此，比如陈年的墨香会带来困惑，

类似冰凉的雾气。

那年在徽州，对着一枚太极图，你说，

那两条鱼其实是

同一条。一条，不过是另一条在内心

对自己的诘问。

——但不需要波浪。正是与水有关的念头

在导致感官的疯狂。

4

门楼，镂花长窗，我们曾无数次
路过那里，遇见柿子树向古老庭院的请安。
红木上的梅枝，是春暮时重逢的心境。
在窗前，我们谈论日子的变幻。
有时朝远方眺望，郊原空蒙，雨水
落向石头上笔画开始的地方，让人想起
那些忍受岁月的额头，在词条里是笨拙的。
案头，磨损的毛笔安睡，碰见
留着幻觉的手时才会醒来。
抽屉里的残卷有淡淡的药香，
若闭上眼，烟缕、偏头疼、音乐，都在其中升起。
一根细长的飘带天籁般飘过，
被爱过的人薄如蝉翼——

5

"太黑了！开了灯吧。"
多年前我们在南京求学，那时，对墨的使用
如同猜谜（一个夙愿：总想要
跨过另外的界线看看自己）。
艺术系、晕染术、青春与插花……
——由表及里的黑暗中，当我们

偶尔猜到谜底，某种
至关重要的东西又会抽身离去。
在贴满大字报的墙下，和废弃的
礼堂里，我们碰到过另外的猜谜人：
一个满头白发，端坐，不为谜面上堆积的狂热所动；
另一个善于隐形，所有人都走了他才重新回来……
　"没有幽灵做不到的事，只是你
要保持耐心。"

6

江水苍茫。两岸，河网密布。
有条河上，一直有人在泛舟。音乐，
像绢画里的游丝……
　"韵脚和行程，都是缓慢更新的梦境。"
许多年代，官家、书生、妓儿，背影变得模糊……
墨痕和水，一点点吸收着它们。

7

那时我们就知道，死亡带有的自省性质，
譬如隐居、踏歌，或长啸，当一个人完全
陷入孤独，连失控的明月也不配做伴侣……

——每次拜访，或从表演中归来，都会有人说出
附加的在场感。
"某种存在不可再问及，它已
脱离命运的钳制，比如被命名为追忆的想象……"
——那是被虚构出来的空间，并且，
那空间总会自作主张。

8

也许真的存在另一个世界，因为
有人正感到不适，他把自己添加进
画中时，突然发现：他变成了自己的陌生人。
他拿不准，人在画卷里会想些什么……
但他学会了珍惜："作画时，要常常屏息，因为
另一个世界的人也需要氧气。"
他沉溺地描绘使他
几乎无法在这世上生存。
有时，风声大作，幻体和真身要求
再次被拆开。"时辰是否到了？"陈年的卷轴里，
一个朽枯的美人在发问。
他沉默。檐上的小兽似乎在说话。但仔细听去，
却只有一只铜铃的声音。

9

"笔画从不轻佻，那变幻中
藏着有形的椎骨。"
再次来到小镇，我们陆续忆起
猎虎、采药、饮酒、婚育，自幼熟习的
风俗，以及祖父清癯、单薄的身材。
悬腕书写的间隙里，他站得很直，如一根悬针。
"所有的曲线，都要对直线有所了解……"
我们手上沾满了墨，鼻头上也是，但我们被教导
要有耐心，因为耐心关乎墨的本性。
当更多的面孔闪现，如同家谱在无声打开，
——我们的名字已在其中。
仿佛在生前，我们就已完全接受了自己。

10

"没有完整的孤独，也不可能彻底
表达自己。"如果
有谁在黑暗中说过话，这话，是那话的回声。
有时，和墨一起坐在黑暗中，
我察觉：墨已完全理解了黑暗。
——它护送一个句子从那里通过，
并已知道了什么是无限的。

11

要不断归来，把一张大字临完，因为
正楷和篆字，都可以拒绝令人作呕的痛苦。
而一阵风在草书中移动，轧过荒诞年月……
　"某种抽象的力量控制过局面，但用以描述的线条
须靠呼吸来维持。"
再次否定后，又已多年。有人在向宾客解释这一切：
假山，后园，镇尺般的流水，某个道理的
替代物……
——氤氲香气，烂漫锦盒里，一锭彩墨
由于长久封存发生的哗变……

蝴蝶

1

蝴蝶在飞。
带着蝴蝶的念头。

蝴蝶离去。
看似空无一物的空间，
有了难以被察觉的内容。

2

飘忽，但准确，
这是蝴蝶的方式：
突然转向；或在
一连串闪回中将风暴提走。

3

静立：为方便

风的阅读，一枚书签微微
斜着身子。

当它扇动翅膀，情节
全乱了。有个读者困在其中，
扑动着，想要
从迷宫深处摆脱出来。

4

童话笨重，
譬喻不真实，
它掠过街道、天线、生锈的深渊……
花园有一张逝者的脸。

5

蝴蝶在飞，星球
在它翅膀下向后滚动。
当它落下，当那些
庞大之物意识不到它的在场，才开始
自行转动。

6

我知道蝴蝶怎样处理尖叫。我知道
脚爪的抓握可以止声，
而飞行能让痛苦轻盈。

7

蝴蝶扇动翅膀：蝴蝶的致意。

蝴蝶停落，某种
焦灼感释放后的宁静，缓解了
万物的不安。

8

我知道，一直有人在它
不断闪动的翅膀后面生活，使用：
假钥匙、
纸折痕、
雨滴、
旧旗子、
钢丝、

闪电、
偏僻乡镇的小道消息。

当它朝前飞，他们栖身于
它抛在身后的记忆。

9

废墟适合沉思，但只有蝴蝶
飞行的曲线能穿过死结。

……灾难也许已过去了
但这光斑、色彩、匠心与图案……
仍像个热闹的集中营。

10

蝴蝶在飞，
几何学学习怎样生存。

蝴蝶在飞，
模仿者筋疲力尽。只有我们一再
谈到的艺术，

感到了被珍惜。

11

吸食少量的蜜，
不说话。
再排练一遍吧，春天
多么美好——
除了朗诵，它还带来了
天气、花粉、盲人的曲谱。

12

蝴蝶在飞，
回忆需要征得时间同意。
而面具是必要的，它保证了
沉默者回到众人中间时
不为人知。

13

蝴蝶合翅，

它还不曾确定什么。

蝴蝶合翅，音乐带着安慰，
倾听者在分析得到的安慰。
钟表挥霍时间，
拖后出场的人避开了命运。

14

蝴蝶合翅，
镜子深处，癌细胞谈论过的爱，
已变成完美的方程式。

蝴蝶合翅，
在死亡的时辰，
在苹果腐烂的时辰，
在死者们
对活人说过的话有异议的时辰。

15

蝴蝶合翅，某种
从我们生活中被拖走的东西，

已经得到很好的看护。

蝴蝶合翅，
两岸离去，树林离去，
许多事物消失，
唯有蝴蝶无处可去。

16

蝴蝶不在时，要证明
蝴蝶曾存在是困难的。
睡眠被吞食，梦无辜，要证明
香气那垂危的手
是困难的。

17

空气沉湎于无形的存在，
但触碰你的是连绵波浪。

一场大雾来自
颅骨小镇
那孤独的彩窗。

18

没有著述，
甚至没有词。

没有蝴蝶讲述蝴蝶。
所有瞬间，靠一种
意义不明的瞬间延续。

19

爱在布上乱画的人，把眼睛
画在蝴蝶的翅膀、肋部……

当蝴蝶飞舞，这个
生不逢时的人
闭着眼。他要在
一块布上等蝴蝶归来。

20

没有人能说清
蝴蝶怎样消失，

又怎样出现。

它一再出现，
送给我们活下去所需要的时间。

21

蝴蝶出现，征兆出现，
远远地，当未来
提前转身，
蝴蝶献出难以把握的侧影。

当它重新起身，一对
斑斓的大翅膀，
比预言和果实都轻。

22

那去寻找蝴蝶的人，
有一个需要驾驭的梦。

他找到的
是一个惊骇驾驭者：它刚刚

从生活中归来，因处理
大量悲剧而获得了宁静。

23

蝴蝶起飞，从结局
返回序曲。
——它修长的腹部熟悉又陌生。

24

蝴蝶继续飞，
帮助风找到新的开端，
帮助光找到它的关节。

蝴蝶继续飞，
我们的脑袋被幻觉取走。

25

蝴蝶张开翅膀，
猴子和猫，

在困惑中练习绕口令。有时

翅膀已经打开到极限，
仍嫌不够：它对自己内部
那太深的空间
有了恐惧。

26

翅膀变大。一再
用于开始的翅膀，其煽动性
总是意犹未尽。

而身体更小，
像个小抽屉，像躲在暗处可以
抽动的源头。

27

一只蝴蝶是事实，
两只蝴蝶
就挣脱了那事实。

当蝴蝶在飞，过往变成了
某种可以描述的东西。

28

不征服。
无目的的飞行才构成道德。

有灾难，有蝴蝶在飞，
但无人对此做出解释。

29

哀歌过于谦逊，赞美诗
有隐秘的傲慢。
而蝴蝶知道另外的空间，
它飞上去，为它
别上漂亮的领结。

30

蝴蝶在飞，神话无用。

——蝴蝶的翅膀越来越薄。
那从思索里抬起头的人，
眼望蝴蝶如眼望处方。

31

看见蝴蝶，
就看见了另外的生活。

看见蝴蝶，人呀，
你已度过了你的一生。

32

蝴蝶在飞，
颂歌献给少数派。

蝴蝶在飞，
挽歌不漏掉任何人。

蝴蝶在飞。
狂喜过剩，表格如谎言。

蝴蝶在飞。
一份移动的契约。

33

当蝴蝶在飞，
它已拿定了主意。

当蝴蝶在飞，
——有本日记我们从未读过。
文身人，
躯体陷入他不相信的一切。

34

蝴蝶在飞，哨子沉默。
蝴蝶，像来自世界的另一面。

它忽闪翅膀，在一连串比喻中
隐藏自己。
——你意识到有什么正在发生，
但不清楚那是什么。

35

蝴蝶停在一面白墙上。
白墙，一直站在蝴蝶这边。
静止与飞行，把两者都累坏了。

36

蝴蝶再次停下，
像谜语的切片。
当它从远方归来，一动不动，有种
不完整的东西在其中流浪，
神秘，居无定所。

37

逻辑学、神学、注解学，
无法驯服的痛苦，早衰的爱……
只有蝴蝶是独立的存在。

作为旋转者，
它划过等待确定的中心。
作为静止者，
它的灵魂在更远的地方散步。

垂钓研究

1

如果在秋风中坐得太久，
人就会变成一件物品。

——我们把古老的传说献给了
那些只有背影的人。

2

危崖无言，
酒坛像个书童，
一根细细的线垂入
水中的月亮。

天上剩下的那一枚，有些孤单，
……一颗微弱的万古心。

3

据说，一个泡泡吐到水面时，
朝代也随之破裂了。

而江河总是慢半拍，流淌在
拖后到来的时间中，一路
向两岸打听一滴水的下落。

4

一尾鱼在香案上笃笃响。
——这才是关键：万事过后，
方能对狂欢了然于胸。

而垂钓本身安静如斯：像沉浸于
某种
把一切都已押上去的游戏。

5

所有轰轰烈烈的时代，
都不曾改变河谷的气候。在

一个重新复原的世界中，只有
钓者知道：那被钓过的平静水面，
早已沦为废墟。